熊の茶屋

街道茶屋百年ばなし

岩崎京子
Iwasaki Kyoko

石風社

街道茶屋百年ばなし　熊の茶屋　◉もくじ

鶴屋と亀屋

市場《いちば》村は東海道沿いの江戸から五里（約二十キロメートル）のところであった。もともとここは海で獲《と》れる魚や貝、海苔《のり》などの市が立ったので、この名があったが、江戸時代もぐっとくだった天保（一八三〇年代）ごろは一村こぞって梨をつくっていた。

寛政（一七九〇年代）のころ、村人が古河《こが》から梨の苗を持ってきて植えたところ、木の生育は早いし、甘いみずみずしい実がついた。田んぼをやるより実入《みい》りがいいというので、全村梨づくりに切りかえたらしい。住まいまで壊して梨畑にした人もあったそうだ。

梨は戸板に並べて街道で売った。梨は口中の熱を冷ますというから、残暑の街道をあえぎあえぎ往来する旅人には喜ばれたに違いない。評判を聞いて、江戸からわざわざ買いにくる人もあった。江戸っ子には縁起担ぎが多い。梨が〈無し〉に通じるのを嫌い、〈川崎のありの実〉といった。

その隣が鶴見村であった。両村は鶴見川を境にしている。ここにかかる幅三間《げん》、長さ二十六間の板橋が鶴見橋で、なんでも徳川家康がこの橋を渡ったとき、「田鶴《たず》の群れのわたるを見給《みたま》い……」、この名がついたそうだ。もっとも家康の前は八幡《はちまん》太郎義家《よしいえ》が鶴を見たことになっていたのではなかろうか。関東の伝説の立て役者は大概《たいがい》このふたりであったから。

東海道には五十三の宿場があったが、この市場、鶴見は、川崎宿《じゅく》と神奈川宿に挟まれた間《あい》の村で、いわば中途半端なところであった。戸板に並べた梨ぐらいでは旅人の足を引き止めるのは難しかった。なんとか現金を落とさせる算段をしなくてはならない。そこで腰掛《こしかけ》茶屋では、〈米《よね》まんじゅう〉という名物をこしらえた。

享和《きょうわ》三年の市場村明細帳には、

「当村米まんじゅう四十軒御座候《そうろう》、道中筋の名物と申し習わし候。」

とある。明細帳というのは、代官が交替するときとか、幕府の見回り役がやってくるときなど、村の沿革や現況などを名主が書いて提出した書類のことである。鶴見村の明細帳を見ると、「商人二十二人」となっている。そのなかには、居酒屋、一膳めし屋、あめ菓子、まんじゅう屋、果物屋などの旅人相手の小商《こあきな》いから、村人向けの薪《まき》、荒物、油屋などすべてを含めた数であった。名の残っている茶店としては、鶴屋、サボテン茶屋、熊の茶屋、恵比寿《えびす》屋、二六《にろく》屋、大黒《だいこく》屋、ありあけ茶屋、しがらき茶屋などがあった。

ところで米まんじゅうだが、うずら焼きくらいの小形のもので、上に焼きごてを押し、目《め》籠《かご》に入れて、土産ものの体裁《ていさい》にしてあった。ふつうまんじゅうといえば、麦の粉をこねて蒸《ふか》すのだが、これは米の粉をこねて皮にしてあった。そこがみそで、ふつうのまんじゅうよりは腹持ちが良かったろう。

米まんじゅう、初手《しょて》一口《ひとくち》はあんはなし

という川柳があるが、餡《あん》の少ない皮ばかりのまんじゅうで、そうおいしいものではなかったと思われる。それが名物として残ったのには、腰掛茶屋のあの手この手の客寄せが効を奏したのではなかろうか。

たとえば〈サボテン茶屋〉は、庭に五株のサボテンを植えて看板にしていた。さすが暖かい土地だけに、サボテンは一丈近く伸び、五月には黄色の花をつけて、旅人の目を見張らせた。〈熊の茶屋〉はクマを店先につないで、芸をさせて客を寄せた。猛獣が人間の言葉を解して、客のくれる食べものを前足で受けておしいただいたり、こくんこくんと首を下げるなど、愛嬌《あいきょう》があったようだ。

これはまんじゅうの小商いではないが、お茶漬け茶屋の〈しがらき茶屋〉というのもあった。伊万里錦手《いまりにしきで》のふたものに、梅干とか、梅づけの生姜《しょうが》、つまり紅《べに》生姜を入れて出して、あてた。

庭に築山《つきやま》や泉水《せんすい》をこしらえ、格式をつけていた。したがって客筋も違い、この辺の名主の寄り合いは必ずここであったし、江戸っ子の中にも、大山詣《まい》りの途次《とじ》、必ずここに寄るというひいきもあった。

あるいは、これもやはり川柳だが、

初旅の、まず鶴見からくいはじめ

とあるように、江戸を出てからちょうど五里、朝立ちした旅人は腹が減りはじめ、足は痛みだし、「ここらでちょっとひと休み」したくなる地の利だったというべきだろうか。

東海道もこの辺りから風景も一段とのどかなものになり、江戸を離れたんだなという実感があったと思う。

市場村は晩春、碁盤《ごばん》目のような梨の棚が白い花で埋まり、その上に箱根の双子山が、さらにその上に富士が見えた。

鶴見橋まで来ると、またいっそうのんびり、眠くなるような、穏やかな眺めであった。鶴見川のたっぷりした水は、流れているのか、よどんでいるのか、波一つ立っていなかったし、葦の中にはシラサギが片足あげて眠っている。音といったらヨシキリがたまにぎょっぎょっと声をあげるくらいであった。この水は左手で大きく迂回《うかい》して海に続いている。

この平和そのもののどかな村にもいざこざはあった。鶴見橋を挟んで、市場村と鶴見村は何かというといがみあい、競い合っていたのであった。

まずまんじゅう屋がそうであった。橋の袂《たもと》の市場側には亀屋、鶴見側には鶴屋という茶店があった。

六郷《ろくごう》わたれば川崎の万年屋
鶴と亀との米まんじゅう
コチャ神奈川、いそいで程《ほど》ケ谷《がや》へ

と道中唄《うた》にも出てくるほどの店であった。本来ならツルカメ一対《いっつい》をなす名で、合力《ごうりき》するのが商いの道というものなのに、ことごとに張り合っていた。

ことの起こりは、亀屋の主人友次郎《ともじろう》が、〈元祖、米まんじゅう〉の赤い幟《のぼり》をつくったことだったろう。これを見て、鶴屋の主人弥七《やしち》はかっとなった。

「初午《はつうま》じゃあるまいし。赤いのぼりをおっ立てやがって。それにしても元祖たあなんだ。冗談じゃねえ。」

弥七はさんざん頭をしぼって、〈本家、米まんじゅう〉と、白地に赤い字を染めた幟をあつらえた。ついでに赤い毛氈《もうせん》を張った縁台《えんだい》をつくったが、どうあがいたところで、こんどは弥七も負けを認めないわけにはいかなかった。本家というより、元祖のほうが格も上のように見えたから。

弥七は屋号の通り鶴のように瘦《や》せていたが、神経のほうも細かった。肝《きも》が煮えて、常備のせんぶりをいくら飲んでも効《き》きはしない。いらいらのしどおしであった。

ある日、亀屋の下の息子が鶴屋の前で遊んでいて、水をぶっかけられた。

「このがき、あそんでるふりして、うちの客の数かぞえてやがったな。とっつぁんにいえ。汚ねえまねさせせんなとな。」

これは少々いいがかりというものであった。泣いて帰った子どもを見ると、こんどは友次郎がかっとなった。

「ちきしょう、ちきしょう。子どもにあたりやがって。火をつけてやる。」

友次郎はやにわに蒸籠《せいろう》の下の、火のついた薪《まき》をつかんだので、おかみさんはびっくりした。

「まあまあ。」

「はなしやがれ、こいつはほっとけねえ。子どもを泣かすなんざ、おとなげないやね。」

「およしよ。おとなげないのはおまいさんもだよ。薪ざっぽなんかほん投げて、火でもうつったらどうすんだね。」

「どうするもこうするもあるか。せんぶりまんじゅうに火をつけに行くのさ。」

「およしよ。おおごとになってごらんな。おまいさんが火あぶりだよ。」

こういう小競《こぜ》りあいはしょっちゅうであった。ことごとに張り合い、競い合うのであったが、あるいはこうしたいざこざも米まんじゅうのためになったかもしれない。亀屋よりおいしいもの、鶴屋よりあんが多いものを……、あっちより店が小ぎれいに……と、その競争は街道筋《すじ》の活気につながったと思う。

このところ鶴屋に分《ぶ》があった。と、いうのは、江戸神田の名主《なぬし》で文化人の斎藤幸雄《ゆきお》が、『江戸名所図会《ずえ》』という本を出版した。そこには、鶴見橋がさし絵入りで紹介してあった。

> 橋より此方《こなた》に米まんじゅう売る家多く、此地《このち》の名産とす。鶴屋などいえるもの、もっとも古く慶長の頃より相続するといえり。

慶長のころから続いているまんじゅう屋は恵比寿屋という説もあるし、「橋より此方」とすると、それは市場村になる。斎藤幸雄は間違って取材してしまったのだろうか。それはともかく……。江戸に近いといっても、のどかな田舎のこと、江戸でそんな本の出たことなど、すぐには伝わってこなかったが、偶然江戸に出ている鶴見の者が見つけて便りをした。

鶴屋では途端に気勢があがった。こんにゃく版だか寒天版だかで、絵を複写して、広目《ひろめ》に使ったり、暖簾《のれん》に染めたりして上機嫌であった。〈元祖〉の恥をやっとすすげたというわけだ。

収まらないのは亀屋であった。

「なんだと、鶴屋が古いと……、冗談じゃねえ。おらほのとっつぁんのじっちゃんと鶴屋の先々代がかたらって店おこししたんだ。『名所図会』なんて、よそもんの書いたもんだ。まちげえだらけじゃねえか。そいつを真《ま》にうけてのれんにそめたとよ。あのばか。」

と、いつまでもぐずぐずいっていた。

友次郎のうしろに市場村のまんじゅう屋仲間がついていたように、鶴見村でも街道筋の茶屋仲間がついて応援していた。

「亀屋ってえのは、分《ぶ》がわるくなるとしつこく、ぐずるからねえ。やつは亀屋じゃねえ、すっぽん屋だい。やれ、やれ、鶴屋。」

友次郎の総領は十六歳、名は新助といった。どうやらまんじゅう商いのほうも覚えたところ。

いっぽう弥七には十五歳になる娘があった。名はお糸《いと》。こっちは娘だけに早くから赤い前垂れで茶を出したり、まんじゅうを売ったりさせられていた。少々蓮《はす》っ葉《ぱ》なところがあったが、商売柄、かえってそのほうが客に受けは良かった。

こともあろうに、このふたりが仲が良いという噂が立った。まだひそひそささやかれる程度であったが、かえって耳打ちというのは伝わるのは早くて、市場、鶴見界隈で知らなかったのは鶴屋と亀屋だけということになった。さすがに当人たちに告げるのは遠慮というか、たしなみというか、後難《こうなん》を恐れたか、(さかうらみされそうで……)があったのではなかろうか。

ある日、そんな頓着《とんじゃく》などいっこうに構わぬ村の子どもたちが、お糸新助を歌にしてはやしたのが、弥七の耳に入ってしまった。

お糸は店で茶をくんでいたが、突然入ってきた父親に襟首《えりくび》つかまれて、奥に引きずりこまれた。

「やい、そのうわさってえのはほんとうか。」

当然打ち消すものと思っていたお糸が、赤くなってうつむいたから、弥七は目の前が暗くなるような気がした。

「よくも、よくも。親に恥かかしやがって。」

弥七は頭に血がのぼって、絶句した。

「いったい、どうしたっていうのさ。」

泣きくずれるだけのお糸の背を撫でながら母親が聞くと、お糸はやっと話しだした。


実は新助やお糸にとっても予想もしなかったことだが、そもそもはその夏――。江戸城のお庭に放す蛍《ほたる》の上納《じょうのう》が、鶴見川沿いの村々にお達しがあった。年貢さし引きというので、村々は喜んだ。蛍を捕《と》るくらい子どもでもできる。それで年貢がまけてもらえるならしめたものだ。

鶴見川は蛍が多かった。両岸の葦、一本一本に蛍が鈴なりに明滅する。その灯《ひ》は水に映って二重になる。そんな眺めは毎年のことで珍しくもなんともない。もっともただ一度だけ（ある人は六月二十六日だといってるが、もちろん日まで決まっているわけではない）蛍が群がり集まり、青い灯を明滅させながら、ともえになり、もつれあうことがあった。蛍たちは夢中になって光のうずが葦《あし》っ原からそれて、水の上に動いたことにも気がつかない。流れにぽたぽた灯がこぼれる。花火だったらじゅんと音がするだろう。この蛍合戦のときだけは、村の人たちも飛び出してきて見惚《ほ》れるのであった。

一家に何匹という割りあてがくると、村じゅう蛍狩りに出てきた。笹竹やうちわをふり回して鶴見川の土手や、葦っ原や、用水の周りなど駆け回った。田んぼに転げこむ者もいたし、川に落ちて草履《ぞうり》をなくして泣きわめく子もいた。

葦をふみしだく音や、むやみにふり回される笹竹にびっくりしたのは蛍たちだ。竹の届かない高みに逃げるが、そう長くはとび続けていられない。ふうらりふうらり、息ぎれして落ちてくると、たちまち笹に押さえつけられてしまう。

鶴屋のお糸は、鶴見橋の下の中洲に飛び降りて、蛍をつかまえようと思った。だれにも見られなかったと思ったのに、そこにはちゃんと先客がいた。

「だれ。」

ぎょっとしたお糸は、闇の中に目を凝《こ》らして身構えた。先客も突然飛び降りてきたのが娘だったのでびっくりしたのか、黙ってつっ立っているきりであった。

水明かりに目が慣れて、ぼんやり相手の輪郭が浮かびあがりはじめたとき、その横鬢《よこびん》の辺りでぽっと蛍が灯り、鼻から目にかけて、青く映し出された。

なんだ、亀屋のでっかんちゃんか……。でも蛍の照明で見た横鬢の辺りは、父親が敵呼《かたき》ばわりしている一族で、昼間向こう岸をうろうろしているあんちゃんとは、印象が違っていた。

りりしくって、いなせで……。もう一度ホタルをとまらせたいくらいで、お糸は闇の中の新助をじっと見つめていた。

新助のほうでも、この娘が鶴屋のだとわかり、こいつは困ったことになるかも知れないという予感がした。

「あんちゃんもあそこからとびおりたの。」

「まさか。舟で来た。」

新助は、

（おめえみてえな度胸はねえよ。おちゃっぴいめ。）

と思ったが、いわなかった。そして、もう一度そっと目の上の橋を仰いだ。ちょっとした高さだ。それをけが一つしないでとびおりたとは……たいした娘だ……。

橋の上はいつもだったら、もう人通りは途絶える時刻だったが、今夜は賑《にぎ》やかだ。絶えず橋板をふみ鳴らす音がしていた。

「そっちの水は　にいげえぞ。

こっちの水は　あんめえぞ。」

欄干《らんかん》から下をのぞく子どもの声がしたので、新助はすっと横桁《よこげた》に隠れた。するとお糸がくすんと笑ったので、新助もつられて笑った。

「ここにきたら、だれにもじゃまされずにホタルがとれると思ったの。」

お糸は溜息《ためいき》をついた。その様子はたった今、高いところから飛び降りたお転婆《てんば》とはまるで違う。いじらしい風情《ふぜい》があったので、新助はおやっと思った。

まずそれが馴《な》れ初《そ》めであった。なあに親は親、子どもは子どもも同士だ。そう思うと気が楽になった。その気になれば、川をへだててお糸の姿を垣間見るぐらいなんでもない。

そこへいくとお糸は大胆だ。川っぷちまで出てきて、ひらひら手をふるので、新助ははらはらして、よしずの陰に隠れなければならなかった。そのうちふたこと、みこと言葉をかわすこともできるようになった。たとえばこんなときなんか……。

東海道は大名行列もあったし、鷹狩りの御成《おな》りも通った。将軍様ならまだしも、将軍用の茶壺《ちゃつぼ》道中などもあった。そのためにはいつも道筋はきれいに掃いておかなくてはならなかった。埃《ほこり》をおさえるため、水も打つのだが、その打ちかたが難しい。水溜まりができるくらいまけば、ふみこんで旅人の着物の裾《すそ》を汚す。足りなければ、すぐ乾いてなんにもならない。

並木の松の手入れもやかましくて、村の者は神経を使った。

橋も同様で、当番が決めてあったのだが、掃除はいつのまにか袂《たもと》の茶屋がすることになってしまっていた。最近は新助がよく箒《ほうき》を使った。すると、お糸は雑巾《ぞうきん》をしぼって欄干を拭《ふ》きに出てきた。ふたりは偶然のような顔をして、ふたこと、みこと言葉をかわし、満足して引きあげるのであった。たぶんそこを村の人のだれかに見られて、噂のもとになったのであろう。

お糸は奥の間《ま》に一ケ月閉じこめられて、店に出してもらえなかった。

「娘をそそのかしやがって……」

と、ねじこまれた亀屋のほうでも、友次郎は危うく新助をけがさせそうになるくらい殴りつけた。

にわかにお糸に縁談が起こった。たぶん新助との仲を割《さ》くため、弥七が工作して婿《むこ》探しをしたものだったろう。相手というのは、同じ鶴見の源八《げんぱち》で、大工職であった。

弥七は源八を毎晩引っぱりこんでは、酒を飲ませたりして、この話を喜んでいるふりをした。おかみさんはおかみさんで、新しい着物の二、三枚は持たせなきゃと、母親らしい騒ぎかたをしていた。そういう中でお糸ひとりふさいでいた。

「おまえ、ひもでもぬってておきよ。ひもは重宝《ちょうほう》だよ。たすきにもなるし、腰ひもだってほしいだろ。お糸ってば……。そう貝みたいに口しめてたって、娘はなるようにしかなんないんだよ。」

いっぽう亀屋では、ある日人だかりするほどの親子喧嘩がはじまった。おとなしい若者はどかっとなると目が座って、前後の見さかいがなくなる。喧嘩のもとはもちろん、お糸の話であった。

「こいつ、キツネに化されやがって。鶴屋の娘を家にいれるだと。ならねえ。ご先祖にすまねえ。」

「こんな家にいるかい、お糸とよそで世帯《しょたい》をもつ。」

「くそっ、もうかんにんならねえ。出てけ。勘当だ。鶴見川にでもなんでも飛びこんでしまえ。」

新助とお糸にまるで味方がいなかったわけではなかった。新助の小さい弟の忠平《ちゅうへい》は、厳重な鶴屋の両親の監視の目を、どうごまかしたものか、ちゃんと新助のことづけを届けていた。そして、ふたりはじっと待っていた。何かの起こるのを……。

まんじゅう屋同士の私的ないがみ合いどころか、市場、鶴見の二つの村は、実はもっと深刻な悶着《もんちゃく》があった。

両村の間を流れている鶴見川は、武州《ぶしゅう》町田の奥から流れ出し、途中で谷本川、恩田《おんだ》川の支流が合流し、生麦村《なまむぎ》で海に注いでいる。全長九里で、この村にかかるころは勾配《こうばい》も少なく、上流の土砂は溜まりがちになる。現に鶴見橋の下は、お糸の飛び降りた葦の茂る洲《す》があったし、下流の生麦村にいたっては、河床《かわどこ》がますます高くなっていた。だからわずかな雨にも、すぐ満水したし、それが村に入りこむと、たちまち村は海のようになり、高台だけが島になって残った。これは鶴見村一村のことではない。対岸の市場村でもその他の鶴見川沿いの村にしても、同じ難儀を毎年味わってきたのであった。

そのためにこの川をめぐって村々の争いは激しかった。どこか一村が堤《つつみ》をちょっとでも高くすれば、水はその分だけ他村に入りこみ、その村の被害は大きくなるわけだ。

何年か前こんなことがあった。鶴見村のかまぼこ堤に上流から流れてきた材木が激突して切りくずされそうになった。そのとき、村の者は対岸の市場村の堤を切りに行って、血の雨を降らした。

そこで鶴見村の名主、佐久間権蔵《さくまごんぞう》は、

(もうほっておけない。下流の河床をさらい、河岸をひろげ、護岸の工事をしなければ。)と思った。そこで、「乍恐以書付奉願上候《おそれながらかきつけをもってねがいあげたてまつりそうろう》」と訴えた。こんな大工事は当然、幕府の仕事である。しかし許可は下りなかった。ろくに調査もしないで却下したに違いない。この幕府の無策のおかげで、川沿いの村々はあいかわらず泥仕合いをしてなければならなかったのである。

相手の村の堤に目を光らせ、やれ堤の上に家を建てたの、木を植えたの……。これは堤の補強になって堤が壊れにくくなる。そうしたら他村に迷惑が行く。やれ、川っぷちの葦は刈る約束をどこそこの村は守っていない。ひそかに調べると、その葦には水よけの杭が何本も隠し打ちしてあった等々……。川沿いが平均して災難にあうのはがまんできる。だけど一村だけその被害を免《まぬが》れるというのは許せないのであった。


その年もまた雨が多かった。きょう一日続いたら、堤を越えて水は村に流れこむと、みなはらはらしていた。昼前ちょっと小降りになり、西の山の上に雲が切れ、明るくなったのに、それも束《つか》の間、また暗くなって降りだした。こんどは横殴りの叩きつけるような雨だった。

鶴屋は川沿いだから真っ先に水がつく。昨夜から荷物は屋根裏の梁《はり》に乗せて縛りつけておいた。弥七は今朝から堤の警護であった。家族は水があがってきたら山のほうに逃げることになっていた。昼過ぎ、半鐘《はんしょう》が鳴り出した。川向こうの市場のような気もするし、海寄りの潮田村《うしおだ》のかもしれない。どこかの堤が切れたのだろう。

お糸は裾をからげて帯に挟むと、すげ笠の紐《ひも》をしっかりあごの下で結び、斜めにかしげて、外に飛び出した。途端に風に煽《あお》られ、ぐいっと顔が仰《あお》のき、そこへまるで柄杓《ひしゃく》の水をかけられたみたいに雨の粒が叩きつけてきた。

「お糸、お糸、どこへ行く。ひとり飛び出しちゃいけないよ。」

「川のようすを見るだけ。」

お糸は母親の手をふり切って、橋のほうに駆けていった。川はごうごういっていた。昨夜寝る前に見たときは真っ黒にふくれあがり、無気味であったが、今はさらにその量が増え、波立ち、うねり、ほえ立てていた。増水には慣れてるお糸も、こんな川を見たのは初めてであった。

「この橋を渡ったら、もう帰れなくなるかもしれない。」

お糸はちょっとひるんだ。でもかまうもんか。半鐘が聞こえたら橋を渡ってこい。一里塚《いちりづか》の榎《えのき》の下で待っててやる。川崎へ逃げよう。川崎の庄屋にでも口を利《き》いてもらったら添わせてもらえるかもしれない。川崎がだめなら、江戸があるさと、新助はいってきたのだ。水騒ぎを待ってろ。そのときなら逃げ出しても気がつかないだろう。

橋番がお糸を咎《とが》めたが、お糸はふり返らず駆け抜けた。橋の中ほどに出ると、水は欄干にあたってしぶき、白く煙《けぶ》っていたし、流れは橋を越して流れており、お糸は足を滑らせた。もう少しでさらわれそうになって、よろけたが、追い打ちをかけるように、風がお糸の笠を煽《あお》った。お糸は橋の上で奴凧《やっこだこ》のようにくるんと一回まわった。あるいは欄干にしがみつこうとして外したのかもしれないが、手を伸ばしたまま、ふわっと足が浮き、そのまま欄干を越して、もう水に叩きつけられていた。

「娘がとびこんだ。いや、水にさらわれた。」

橋番が騒ぎ出したが、手が出せなかった。とんでもないところにすげ笠だけが浮き、たちまち流れていってしまった。信じられない速さであった。

亀屋の新助は身仕度《じたく》して飛び出そうとしたとき、村の年寄役《としよりやく》が入ってきた。

「おう、ちょうどよかった。鶴見の柳堤《やなぎづつみ》をこわしにいくから出てくれろ。このまえの仕返しだ。」

新助はまずいことになったと思った。が、まあいいや。でいりがはじまったら抜けよう。そのほうが目立たなくっていいだろう。新助は鍬《くわ》を担ぐと、みなの後ろからついていった。

白く煙る橋の上で、橋番たちが騒いでいるのが見えた。口々に何か叫んでいるようだが、川の音、雨の音、風の音にさえぎられてわからなかった。

「娘が水にとびこんだ。」

と聞こえたような気もしたが、新助はそれがお糸だとは思いもしなかった。

「この橋を渡って鶴見に行くのはまずい。よしおまえらここでがんばってろ。その間にだれか、橋のきわを泳いでいけ。まさかこの水ん中はくるめえと思ってるさ。新助、おめえいけ。」

年寄役がいったので、新助は青くなった。早く行ってやらなきゃ、一里塚の陰でお糸は心細がってるだろう。

「新助、おめえ水練《すいれん》は市場一じゃねえか。いいか、きっとつっきって堤をくずしてこい。」

年寄役は新助のからだに生命綱《いのちづな》を縛った。しぶしぶ水に入った新助は、たちまち水に飲まれて見えなくなった。みなは、たぶん橋の上から見咎められぬよう、もぐったのかと思っていた。ところがそのとき、上流からぷかぷか流れてきた小屋が橋桁にぶつかり、大きな音をさせてはぜた。とたんに、それまでぴんと張っていた新助の生命綱が緩み、引っぱったら、ちぎれて戻ってきた。材木の角で切られたのだ。市場村の人たちは青くなった。

この日は夕刻の満潮と重なり、川沿いの村々は水がついた。下流の村々から除々に水位があがり、まず鶴見の田んぼが次に市場の梨田が水の下になった。どちらも収穫前であった。同じような被害状況だったので、両村の出入りは立ち消えで、次の雨まで小康《しょうこう》を保ったのであった。

ところで鶴屋の店《みせ》はその後いつまで続いたか不明である。亀屋のほうは明治の末年まで店を守っていたが、ついに店を閉じてしまった。新助とお糸の比翼《ひよく》の塚が建てられたはずだが鶴見のどこかに、今も残っているだろうか。

熊の茶屋

文政のころ（一八二〇年代）、東海道鶴見村に〈熊の茶屋〉と呼ばれる立て茶屋があった。熊を店先につないで、芸をさせ、客を寄せていたからであった。

『武蔵国橘樹郡《むさしのくにたちばなこおり》鶴見村　村内軒別絵図《そんないけんべつえず》』によれば、この熊の茶屋と思われる家は、「間口五間（九メートル）、奥行二間半（約四・五メートル）、座敷これ無し」と記されている。炉を中心にした板敷きの茶の間と寝間《ねま》という屋造《やづく》りで、店は油障子《あぶらしょうじ》の外によしずを張りめぐらし、二つ三つ縁台《えんだい》を並べたものだった。

絵図には百五軒の屋並みが東海道に沿って続いていたが、座敷のあるのはわずか二十九軒で、他はすべて「座敷これ無し」であった。これは鶴見に限らず、日本全国どこの村でも小前《こまえ》百姓の住居はそんなものであったろう。

主《あるじ》は岡蔵《おかぞう》といった。家族はおかみさんと子どもが三人。六人生まれたのだが、ふたりはえ、きりで同時に欠け、今ひとりは死児《しじ》で生まれた。

店はおかみさんと上の娘が、農事の片手間にやって間に合うささやかなものだったが、街道筋《すじ》の名店として残っているのは、岡蔵が道楽で飼ったクマのおかげだといえるだろう。

もっともクマは一頭ではなかった。最初のは見世物師《みせものし》からもらいうけた八歳ので、二代目のは生まれたばかり。両方ともものどに白い月の輪のある黒クマであった。

ある年の夏、クマを連れた見世物が杉山明神《すぎやまみょうじん》（現、鶴見神社）の境内に小屋掛けした。

「さすが猛獣《もうじゅう》だ。すげえも何も……」

見てきた人が口々にいうので、動物好きの岡蔵《おかぞう》はじっとしていられなくなった。

獣臭《けものくさ》い匂いは鳥居のあたりからしていたが、檻《おり》の前まで来ると、鼻が曲がりそうであった。

檻は頑丈にできていて、太い鉄格子がはめてあった。クマは首輪をはめさせられ、身動きもできない。鎖をがちゃんがちゃん引っぱっては、上目《うわめ》づかいで檻の前の見物人をおどすように唸《うな》っていた。ときどき牙をむき出して、泡を吹く。

おまけに汗疹《あせも》はこさえているし、糞《ふん》やらおしっこやらでまみれ、汚れ放題で、嫌な臭《にお》いはそのせいでもあった。恐いもの見たさの見物人の中には、鼻を袖で押さえて辟易《へきえき》してる者もあったし、つんと目にしみると、顔をしかめている人もあった。

「かわいそうなことをしやがる。」

岡蔵がつぶやくのを聞き咎《とが》めた見世物師は、むっとした顔でいった。

「なんたって猛獣だぜ、とっつあん。がんじがらめにしとかなきゃ、安心して客には見せられねえよ。小田原じゃ〈さしとめ〉食っちまったよう。」

どうもいささか持て余しているふうでもあった。この辺で猟師にでも頼んで、火縄銃で一発やってもらい、厄介払《やっかい》いして、さばさば江戸入りし、また何か新しい見世物の種を仕入れたい……。そんな考えらしかった。そのくせ岡蔵がこのクマを引き受けようというと、小ずるそうに目を光らせた。

「こいつは一座の金看板《きんかんばん》なんでねえ。すげえ声でうなりゃうなるほど客はあつまるって寸法さ。手ばなす気はねえよ。」

「このままじゃ死んじまうぜ。いくら畜生でもそいつはおまえさん、後生《ごしょう》が悪かないか。それによ、クマを殺しちゃいけねえよ。クマあれっていうじゃねえか。あとのたたりがあるぜ。」

そんなやりとりが二、三合《ごう》あって、結局クマは檻ごと、岡蔵の家の裏に運ばれた。

岡蔵は何はさておき、まずクマを檻から出してやった。丈夫な麻縄を三本より合わせて鎖に足し、それでしっかり欅《けやき》につないだ。何をされるのかと不安だったのか、クマは牙をむき出しにして、がおうと吠えた。遠巻きにしてた連中はさっと逃げた。岡蔵だってどきっとしたが、辛うじてふみとどまった。クマはそれをじろっと見ただけであった。

広いところに出たし、首が動くのがうれしかったのだろうか。クマは四、五歩歩いた。内股であったのと、お尻がたるんで揺れたのが、豆屋の後家《ごけ》に似ていたので、みなはくすっと笑った。岡蔵だけは、痩《や》せて肉が落ちてると胸を熱くした。

次に岡蔵がしたのは、糞《くそ》まみれのからだを洗ってやることであった。

「さっぱりしようや。なあ、水ぶっかけるけんど、こらえてくんねえ。おめえをいじめるってわけでねえからよ。」

岡蔵は少々遠くから、おっかなびっくり桶《おけ》の水をかけた。クマは首を下げてじっとしていた。迷惑に思っているのか、喜んでいるのか見当がつかなかった。

突然クマは首を持ちあげ、ぶるぶるんとからだを震わせた。すごいしぶきで遠巻きにしていた連中にまでかかったほどだ。それからクマは岡蔵のほうを見て首をふった。もっともっとといっているらしい。岡蔵は得意でもあるし、うれしいし、有頂天《うちょうてん》になって、

「ほらよ、ほらよ」

と叫びながら水をかけ続けた。

こんどは馬宿《うまやど》の重兵衛《じゅうべえ》に水かけを代わってもらい、岡蔵は竹箒《ぼうき》で尻っぺたをこすってやった。

「こびりついていておちねえじゃねえかよ。かわいそうにな。野のけものってやつはきれい好きでよ。自分の穴には糞もしねえってのによう。それに重《じゅう》やん、こいつ下痢してるぜ。」

「あれ、腹をくだしてるのけ。へーえ、このクマは〈熊《くま》の胆《い》〉もってねえのかね。」

これには取り巻いている連中もどっと沸いた。

岡蔵はおかみさんに、モモの葉を湯の中でもみ出してこいといいつけた。その汁でクマの汗疹を洗ってやろうと思ったのだ。

まずまず成功であった。クマの背中は濡れて光り、漆《うるし》のようなつやがでた。

何日かたつうちに、クマの吠える回数も減った。初めは近づくとちらっと残忍そうな目つきでにらんでいたのに、心なしか穏やかになったようだ。

岡蔵はきれいに洗い、干しあげられた檻にクマを入れて、店の前においた。「クマをごろうじて、茶をめしあがれ」というわけであった。クマはもさっとして、どこか愛嬌があったから、結構人を集めた。

クマは草を食べるので、助かった。

「秋になりゃカシやナラの実をやるんだと。」

「どんぐりでいいなら、裏山に行きゃいっぺえあらあ。おいらたちでとってきてやらあ。」

小さい息子たちが請《う》け合ってくれた。

街道筋の小料理屋は残りものを持ってきてくれたこともあったし、いつも孫と一緒にやって来て、いり豆をひと粒ひと粒投げながら小半時《こはんとき》クマの相手をしていく隠居もあった。隣の生麦《なまむぎ》のもう一つ先の子安《こやす》から来ているのであった。

クマの一番の好物が、何と売り物のまんじゅうであった。客が、

「ほらよ。」

と放《ほう》ってやると、クマはうふううふうと喜んだ。急ぐのが商売の飛脚までが足を止め、

「どらどら。」

とまんじゅうを買い、自分が食べずにクマにやっていったりしていた。

「芸をおぼえさせりゃいいのによ。」

自分はサル回しだったという旅人がいったことがあった。芸をしてくれりゃ、もっと評判になって、客も寄ると計算をした岡蔵は膝を乗り出した。

「クマは芸なんかするのかね。」

「しなくってよ。クマの芸っていやあ、まず玉乗りに樽《たる》ころがしさね。だがこいつはだいぶ年くってるから、いまからじゃむりだね。うん、立ちあがっておじぎくれえはやるだろう。」

「しこむのはむずかしいかね。」

「そうさね。しこみをなりわいにしている水右衛門《みずえもん》という親方がいるからあずけるんだね。江戸の湯島天神《ゆしまてんじん》まえにいらあ。なあに、クマは足の裏をかかとまでつけて歩くから、立ちあがるなんてお茶の子さ。とっつぁんでもしこめるぜ。」

岡蔵はわくわくしてきた。芸を仕込むなど最高の道楽に思えた。おまけにそれが商売繁盛につながるというのだから……。

ところがサル回しはじろっと目を光らせ、浮きうきしている岡蔵に冷たい水を浴びせるようなことをいった。

「だがよ、とっつあん。こいつは今こうしてなついているが、油断しちゃならねえ。何しろけものだ。いつ、ぱっと気が変わるかわかんねえ。」

「…………」

「だからよ。まずしょっぱなにどうしたってこのとっつあんにはかなわねえと思わせるんだ。」

「へえ、ど、どうしたらいいのかね。」

「鍛冶屋《かじ》に行って、こてをつくってもらいな。そいつを真っ赤に焼いて、クマの舌を焼くんだ。」

岡蔵は青くなった。そんなひどいこと、おらあ嫌だ。このクマだってしいたげられてると思ったから見世物小屋から救い出してきたんじゃないか。岡蔵は平然として恐ろしいことをいうサル回しを横目で盗み見た。

「ははは……。そいつができなきゃ、クマを飼う資格はないやね。とにかくこてであごや舌をつついて、いじめ抜くんだ。焼きを入れるってえのはこのことだ。」

「……………」

「こてのおそろしさを充分教えておくんだ。野生のもんは力と力の対決だ。強いもんが上に立つ。かなわねえとわかりゃ絶対に服従するよ。芸だってこてがなけりゃおぼえねえよ。」

「……………」

岡蔵は返事ができなかった。サル回しはその岡蔵を、「このどしろうとめ」という目で笑った。

当時、クマなどいくらでもいたと思う。ただ鶴見などの海沿いの町まで出てこなかっただけだ。だから岡蔵も人が集まるのは珍しい間だけということは心得ていた。ただ小心者《しょうしんもの》の岡蔵には焼きごて一本でクマに立ち向かえる自信がなかったのであった。

秋に入ると、クマの食べかたはすさまじくなった。草は鶴見川の淵で刈ってくれば間に合うが、馬や牛の倍は食べた。それでも、いつもお腹を空《す》かしており、「うふううふう」と催促した。

「うん、こいつだ。これでならいける。」

岡蔵は思わず手を打った。

「食いもんで誘ったら立ちあがるかもしれん。」

そこでクマは檻から出された。

「おい、これもらってくぞ。」

岡蔵は蒸籠《せいろう》の中のまんじゅうを一《ひと》つかみ、ふところにねじこんだ。

「だめっ、おとっつあんてば。店のが間にあわないじゃないか。」

「ばか、またふかしゃいいだろう。」

岡蔵は屋根にはいあがると、釣り糸の先にまんじゅうをつけて、そっとクマの鼻先に下ろした。クマは喉《のど》を鳴らして口を開けた。まんじゅうは少し高くなる。首を伸ばす。届かない。思わず前足をあげる。まんじゅうは食いちぎられた。するともう、クマは立っていられなくて、前足を下ろした。これが第一課。

次には吊るしたまんじゅうが鼻の高さで前に前にと動いていく。そこまではまんじゅうにつられてやったが、まんじゅうなしになると、いくら岡蔵が「立て、歩け」と怒鳴っても動こうとしなかった。

クマは疲れると機嫌が悪くなる。岡蔵もつい夢中になって声が荒くなる。

屋根にあがって、「立て」の「歩け」のと怒鳴る岡蔵の奇行《きこう》はたちまち村の評判になった。

「やめておくれよ。みっともないよ。」

おかみさんや娘は嫌がった。そうなると岡蔵も意地だ。

鈍いクマが癪《しゃく》にさわってくる。そんなとき、耳をかすめるのは、サル回しの言葉だった。

「こてで焼きをいれなきゃ芸はおぼえねえ。」

ふっとその気になった。クマの赤い口にじゅっと焼きごてをつっこみ、鼻といわず、頬といわず、とことん突きまくって追いつめたら、もの覚えの悪いクマも目が覚《さ》めるのではなかろうか。

しかし、岡蔵にはそれが恐くてできなかった。勝負は最初から決まっていた。つまり岡蔵の、その自信のなさがクマを仕込めずに終わったのだと思う。

芸をしたのは二代目のクマであった。

岡蔵が秩父《ちちぶ》詣《まい》りに行ったとき、山道で出会った猟師のおかみさんが、ネコぐらいのクマの子を抱いていた。ふつう母グマは二頭の子を産み、それを引き連れて、山をうろうろしているが、猟師は、

「三つグマを全部殺すと縁起がわるい。」

といって、一頭だけ残す習慣があった。これはそういう訳《わけ》で命拾いした子グマであった。

生まれたてで、まだ目も見えず、くんくんくんくん、必死でおかみさんの襟《えり》にすがり、胸の中にもぐりこもうとしていた。岡蔵は欲しくてたまらなくなり、無理やりむしり取るようにしてもらいうけると、お詣りもそこそこに連れてきてしまった。

帰って気がついたのだが、子グマは猟師のおかみさんの乳《ちち》をしゃぶって生きてきたのだ。鶴見にはその乳母《うば》がいなかった。いったいだれにクマの子に乳をやってくれと頼めよう……。

ところがその乳母がいた。人間の母親ではなく、犬であったが……。馬宿《うまやど》の重兵衛のところの〈しろ〉が子犬を産んだばかりであった。相談を受けた重兵衛も初め驚いた。

「なに、しろの乳をかい。しろがなんというか。子を産んだばっかで気が立ってるからな。だが岡やんよ。おもしれえじゃねえか。ためしてみっか。」

そこで子グマは子犬の間にそっとおかれた。

何も案ずることはなかった。子グマはもごもごからだを動かして、犬の乳房にすがりついたのであった。しろのほうも見慣れぬ黒いかたまりをふり払おうとしたが、ぐいぐいと強いしっかりした吸いはむしろ快いくらいで、違和感のほうも忘れられていったようだ。

しろに乳をもらう以外は、子グマはいつも岡蔵のふところにいた。寝るときにも畑仕事にも。

そのうち岡蔵のふところには入りきれぬくらいむくむく大きくなってきた。しろの乳だけではもちろん足りない。食べるものは草やどんぐりに代わった。

岡蔵が抱こうとするとうるさがって逃げるくせに、さびしくなるとふところ目がけて飛びこんでくる。それが大変な力で、何度不意打ちにあって、よろけたり、転がされたりしたことか。あらためてクマの馬鹿力にひやっとさせられるのであった。

ある日岡蔵は子グマの前足を持って、立ちあがらせた。

「あんよはおじょうず。ころぶはおへた。」

子グマは人間の赤ん坊の歩きはじめとちっとも変わらなかった。岡蔵が手をはなすと、すぐ四つんばいになった。

岡蔵は前のクマの例もあったから、扱いには自信がついたのか、あせることも少なかった。だからクマが疲れたかなと思うと、稽古《けいこ》はすぐ止《や》めた。

「あんよはおじょうず……」が、毎日少しずつ三ケ月も続いたろうか。でも相変わらず子グマは自分から立ちあがって歩こうとはしなかった。やっぱりクマは、焼きごてで縮みあがらせなきゃだめなのかなあと思うこともあった。

「ああ、こいつも見こみなしか。そうかい、そうかい。やめだ、やめだ。おめえにもいやなことさせてすまなかったよ。」

岡蔵がふところに残ったまんじゅうを出しかけたときだ。子グマはのっそり立ちあがり、よちよち歩き出したのであった。歩けばまんじゅうがもらえるというのを覚えたのであった。子グマ自身もびっくりしたらしく、一瞬立ち止まり、それから夢中で歩き出した。岡蔵は呆気《あっけ》に取られていたが、あわてて叫んだ。

「もういい、もういい。そう歩いちゃつかれるじゃねえか。このばか……」

このばか……、このばか……と、岡蔵はすすりあげていた。

このクマがお辞儀を覚えたのは早かった。やがてまんじゅうをもらうとき、手で受けてちょっとおしいただく動作も覚えた。食べるときはぺたっとお尻を落とし、ちょうど赤ん坊がえんこする格好で、両手（前足）でまんじゅうを口に持っていった。

「ほんとのクマかい。子どもでもぬいぐるみに入って、芝居してるんじゃねえのかい。」

と道中の人々がいったと記録にも残っている。

姉弟

おこうが鶴見村の〈建喜《たてき》〉（建具職《たてぐしょく》、喜右衛門《きえもん》）に奉公に来たのは、十歳のときであった。

おこうの生まれは隣村の生麦《なまむぎ》で、父親はそこの百姓であった。といっても耕地を持たぬ日《ひ》傭《よう》取りで、季節が来れば海苔《のり》を採《と》る舟に乗ったり、アサリを掘ったり、要するにその日暮らしであった。

しかしいくらなんでも十歳になったかならないで奉公に出すなんて、ひどい親があったものと思うが、親にしてみれば、うちにおいておけば食べられない日もあるけれど、奉公にさえあがってれば、三度は食べさせてもらえるということであったようだ。

何とも切ない親心といおうか。

だから、主人の喜右衛門がおこうをちらっと見るなり、

「もう二年してからつれてこい。」

というと、父親はここで断わられたら大変と、必死で頼みこんだ。

「こう見えても飯だって炊けますで。洗濯だっておしえてありますで。」

職人にしては温厚な喜右衛門が、それ以上きつく断われないでいるうちに、おこうを台所

の土間においたまま、両親は帰ってしまった。

ふつう建具屋といえば、城下とか宿場などの開けた町場にあるものだ。こんな中途半端な鶴見に店を構えて、仕事があったのだろうか。もう一つ不思議なのは、その喜右衛門が、当時江戸辺の同業者仲間にまで名の聞こえた細工師だったということである。

喜右衛門は書院窓の障子《しょうじ》や、欄間《らんま》の細工がうまかった。細い桟《さん》を格子《こうし》とか、麻の葉、網代《あじろ》に組むのを組子《くみこ》といっているが、そんな幾何学的な模様だけではなかった。松原を低くその上に舞う千羽の鶴とか、浜辺に高々と干してある網、遠景には白帆《しらほ》まであしらった障子をこしらえたりした。

そのころ、何でも番付にするのがはやったが、ある年、細工師の番付の東の関脇に〈鶴見、喜右衛門〉が載っていたほどであった。

建喜の弟子というのは三人であったが、そのほかに修業に来ているよその職人が、入れ替り立ち替り、いつも三、四人くらいいた。

昔は職人たちは修業のために旅に出たものである。侍《さむらい》の武者修行のようなものであった。たとえば、江戸の職人たちは必ず上方《かみがた》に行かせられた。京都には寺院を初め有名な建築物が多く、そこの戸障子とか欄間の細工を見るだけで勉強になったからだ。

その旅のことを職人の言葉で〈西行《さいぎょう》〉といった。江戸から見て上方は西にあたるからだろうか。もっとも江戸の職人が仙台、秋田に行くことも、京、大阪の職人が江戸に、つまり東に行くことも西行といっていたが……。

江戸から西行に出た職人たちは、街道筋《すじ》の建具師のところを点々と寄って、そこで一ケ月か、長くても三ケ月くらいおいてもらって仕事をするのであった。

広い世間には名人上手がいるものだ。たとえば喜右衛門のように……。その仕事ぶりを見るのも修業だし、あわよくば難しい組子のこつや秘伝を盗めるかもしれなかった。

こうやって順々に渡っていって京都まで行き、戻りはこんどは中山道《なかせんどう》を同じように、点々と修業しながら戻ってくるのであった。そうすれば一人前の建具師の兄《あに》い株になれるというしきたりになっていた。

建喜のつくりは、通りに面して〈建喜〉と書いた油障子《あぶらしょうじ》があり、開けると、仕事場になっており、その横手には木取り場があった。檜《ひのき》や杉、桂、桑などの材料が積み重ねてあったり、立てかけてあったりした。

その向こうには台所があった。半分が土間でへっついが並び、あと半分は板の間になっていたが、職人が十人くらいいっぺんに食事ができるくらいの広さがあった。そこで、飯炊き、おかずごしらえの年配の女中が、かかりっきりで働いていた。いってみればおこうは、口うるさいこの女中になぶられに来たようなものであった。

その奥が喜右衛門の家族の住まいで、女中部屋もちゃんとあった。職人たちが寝起きするのは仕事場の上の、天井の低い中二階であった。

おこうが奉公に来て、どうやら慣れたころ、つまり二年ほどたったある日のこと、生麦のおとっつぁんが来てるよといわれて、おこうは手を拭《ふ》きふき、裏に出ていった。

本当にそこには、建喜への手土産のつもりか、籠《かご》いっぱいのアサリを抱えて、父親が立っていた。

生麦は鶴見よりもう一つ海岸よりで、アサリ、ハマグリがよく獲《と》れた。ここから何丁《ちょう》と離れていないのに、村境《ざかい》を越すと、途端に道は砕いた貝殻で白くなっているくらいであった。

「どうだ、おこう。ご奉公は慣れたかよ。こんだあ百太郎のやろうも一丁《いっちょう》しこんでもらうべと思ってよ。」

「なんだって？」

ここんとこおこうは忙しくて外に出してもらえなかった。もちろん生麦の貝殻を敷いた道もふんでなかったから、アサリの潮臭《くさ》い匂いが懐かしく、目がくらみそうであった。だから父親にいわれて、初めて、弟の百太郎が父親の後ろに隠れるようにして立っているのに気がついた。

「ここにはおめえもいるからよ。百《ひゃく》も心じょうぶと思ったのよ。」

「百ちゃんを建具屋にするつもり？　百ちゃん、なりたいといったの。」

「そんな分別《ふんべつ》があるかよ。こいつに。」

「百ちゃん、おまえ、やっと十歳《とお》になったばかしだったよねえ。」

青黒く痩《や》せ細り、目ばかりぎょろっと大きい弟を見ると、この小さな子が……と、あわれになった。鋸《のこぎり》やのみを持たせるより、棒を持って駆け回ってるほうが、まだ似合う年頃ではないか。

おこうが連れてこられたとき、主人の喜右衛門から、

「もう二年してつれてこい。」

といわれたように、おこうも
「もう二年したら……」

と、つぶやいた。

「ばかやろう。職人は八つからしこまなきゃものになんねえくれえ、こちらさんにいてわかってんだろうが。十歳じゃおせえやね。それでなくたって体ならしに一年や二年すぐたっちまわ。なに見てやがんだ。」

自分が連れてこられたとき、何となく親から捨てられたような気がしたが、こんどは百

太郎の番か……。

「こいつも物心《ものごころ》つくころだ。百姓のまねはさせられねえ。手に職つけてやんのはいってみりゃ親の慈悲《じひ》だ。」

「鬼だよ、おとっつぁんは。」

「このやろう、それが親にむかっていうせりふか。よく口が曲がんねえもんだ。」

この父親に食ってかかれるのは、おこうだけであった。母親も百太郎も、父親に何かいわれると引っこんでしまったから。

何もおこうたちの父親に限ったことではなかったが、親は子どもを勝手に処分……、たとえば娘を売り飛ばすなど珍しいことではなかった。しかしおこうは、たぶん漠然《ばくぜん》としたものだったろうが、それが、理にかなうとは思えず、親の身勝手が許せなかったのではなかろうか。

父親のほうでは立てつく娘の気持ちをまったく理解できなかった。ただ、向こうっ気の強いのは女としてこれから生きていく上には損じゃねえか。女なんて右向いてろっていわれりゃ、二年でも三年でも右向いてるほうがいいんだ。

下手《へた》に自分のさだめに不満なんか持てば、不幸せになるばっかりだ。この気性だけは何としても叩き直してやるのが本人のためだ……。そこで親の大義で責めせっかんという順序になっていた。

百太郎は上目遣《づか》いでちらりちらりと、つんけんしているおこうを見ていた。ねえちゃんはちっとも変わってねえ。いいかげんに口ごたえをやめりゃいいんだ。へえ、へえっていってりゃすむもんをいちいち逆うんだもの。おとっつぁんが焦《じ》れだして、ぽかんとどやされるのがおちなのに……。

そのおどおどしている百太郎を見ると、おこうはきゅっと目を吊りあげた。何だい、百ちゃんのみかたしているんじゃないか。しっかりおしよ……。

おこうが何と思おうと、主人の喜右衛門が首を傾《かし》げようと、おこうのときと同様、やっぱり百太郎は建具屋においておかれることになった。父親が帰っていくと、おこうは百太郎に聞いてみた。

「なんだって建具屋になりたいなんて思ったのさ。」

「…………」

「ほかにいくとこ、いくらでもあるじゃないか。」

一日中みんなから、

「おこう、おこう……」

と追い使われたり、ねちねち小言《こごと》をいわれたりするところを、身内に見られたくなかったし、百太郎がそんな目にあって涙をこぼすところなんか見るのは、もっと辛いに違いなかった。

おこうは前掛けの端をちょっと自分の舌で湿らせ、百太郎の頬をきゅっと拭いてやった。痛かったのか、百太郎が顔をしかめてそらすと、おこうのもう片方の手がぐいと引き戻した。

「ばかだね、お目見得《めみえ》んときくらい顔をあらってくるもんだよ。」

「…………」

何を考えているのか、ぼんやり無表情でつっ立っている百太郎を見ると、おこうはまた心配になった。そんなふうじゃみんなにいじめられるよ。いいよ、いいよ、あたしがかばってやるよ。考えようによっちゃ、よそで別々に苦労するより、いっしょのほうがいいかもしれない。百ちゃんが辛い仕事をさせられたら助けてやれるもの。

「いいかい、がんばるんだよ。職人はいいよ。百姓なんかよりずっと。おとっつぁんもおっかさんも夜明けから暗くなるまではたらいたって楽できないだろう。そこいくと職人はどこいったって、おてんとさまと米の飯はついてくるってさ。気楽なもんじゃないか。」

「…………」

「ここの親方、えらいんだよ。しってたかい。百ちゃんも西行にでも出してもらえるようになってさ。〈親方は鶴見の喜右衛門でござんす〉って、仁義をきってごらんな。幅がきくんだよ。」

「…………」

おこうは自分の手の平をぺろんとなめると、百太郎の後《おく》れ毛《げ》を撫《な》でてやった。

「おまえ、仁義しってるね。」

「ううん。」

「親方さんにあいさつするのが仁義じゃないか。職人は戸口んとこで草履《ぞうり》ぬいで片手をついていうんだよ。〈ええ、てまえは同職のものでござんす。親方さんにお目にかかりたくてうかがいました。〉親方が出てきたらさ。〈てまえはなんのたれべえでござんす。〉ね、これが仁義だよ。いえるよ、ね、百ちゃん。」

「…………」

「ばかだね、だいじなことなのにさ。」

おこうはきゅっと百太郎をにらんだ。きちんとあいさつできれば、みんなに馬鹿にされないで済むのに……。ほんとに馬鹿だったら………。

気の勝ってるおこうはじっとしていられなかった。百太郎に代わって、喜右衛門の前につかつかと出ていくと、一所懸命いった。

「ええ、これは武蔵国橘樹郡生麦村《むさしのくにたちばなごおりなまむぎ》の百太郎ともうします。やっともの心がついてきて、そうそう百姓のまねもさせられやしません。小さいときから木ぎれをいじくってあそんでたくらいで、大工しごとや細工もんが性にあっているんです。親方さん、どうかよろしくおねがいします。」

喜右衛門も、その後ろで木を削ってた職人も呆気《あっけ》に取られたように顔を見合わせ、それから一様《いちよう》に笑いを堪《こら》える顔になった。姉ぶって、むきになっていったおこうの仁義は、だいぶ長いこと建喜の仕事場で笑いの種になった。

喜右衛門は建具屋であったが、百姓もやっていた。持ち高は、一石《こく》二斗《と》八升《しょう》四合《ごう》六勺《しゃく》ということになっていたから大したことはない。米のほうは少々だが、麦をつくっていた。これが家族と職人たちの主食で、その他に豌豆《えんどう》、茄子《なす》、里芋《さといも》の畑もあった。

当然耕したり、肥《こえ》をかけたりは職人たちの仕事であった。たとえ小さくても、肥の樽《たる》が持ちあがらなくても、新参《しんざん》の百太郎は朝から晩まで外で働くことになった。

これが体慣らしであった。まだ幼い百太郎の体は節々が腫《は》れて痛んだ。体をつくり変えるための痛みだからということで、百太郎がうめこうが、泣こうが、休ませてもらえなかった。

しかし百太郎は、仕事場で、

「ほれ、百、かなづち。」

「そら、百、のみだ。」

「やれ、さしがねがないぞ、どこにかくした。」

などと怒鳴られるより、外にいるほうが楽であった。

もっとも、のんびり骨休め半分、腰を落として草を引いていたりすると、必ずどこかで見張ってたおこうが飛んできて、目を吊りあげた。

「おまえという人間は、建具の職人になるんだよ。百姓やりに奉公にきたわけじゃないだろ。草ひきなんかねえちゃんがやるから、おまえは仕事場いって、親方さんやあにさんの仕事を見てな。」

おこうは、何とかこの百太郎を早く一人前の……と気を遣《つか》っているのだが、百太郎には通じなかったようだ。百太郎にしてみれば、親方や職人たちよりも、身内の姉ちゃんのほうが恐かった。


建喜の仕事場にもいろんな人が西行に来たことは前にも書いた。職人気質《かたぎ》丸出しの、一癖《ひとくせ》も二癖もある変わり者も確かにいた。そういう偏屈《へんくつ》ほど、いい仕事をしたそうだ。

いついつ西行に来た誰それの削った戸障子は、夜中に幽霊の影が映るほど見事なもんだったなど、いい伝えが残っていたりする。

まあ、それは話だけで、滅多にそんな職人は来なかった。少なくともおこうが知ってる限りは……。だいたいのみ箱担いでの西行は修業とはいえ、窮屈《きゅうくつ》な親方の仕事場から解放されるのか、のんびり気楽な人たちが多かった。

だからどっちかというと、建喜の仕事場は割合波の立たないのどかなものであった。主人の喜右衛門の人柄だろうか。

ところが、秋次《あきじ》が帰ってきてからは、様子が変わってしまった。秋次というのは喜右衛門の息子で、十七歳になった。西行に出ていたということになっていたが、本当はぐれて飛び出し、無頼《ぶらい》の仲間に入っていたらしい。

これが喜右衛門の実の息子かと思うほど、顔立ちから気質《きしつ》まで、何もかも正反対であった。喜右衛門は色白で、地蔵顔なのに、秋次のほうは浅黒く骨太で、がっしりと筋肉質の引きしまった体格であった。親の口重に比べて、口も八丁《はっちょう》手も八丁だが、それは機嫌のいいときだけ。ぶすっと苦い顔をしていることも多かった。そんなときの職人や百太郎への小言は辛辣《しんらつ》を極めた。

喜右衛門も跡《あと》を継がそうと思うのか、なるべく戸障子のつりこみや細工など秋次を出すように心掛けていた。

ところが、やれ、建て主の顔が気に食わないの、顔つきがいけ好かないの、などいい出しってはごろごろしていた。

「へん、江戸を五里（約二十キロメートル）はなれただけで、粋《いき》もなにも通じねえんだから情けねえ。歯のうくようなやつをいわなきゃ仕事ができねえっていうんなら、やったってしようがねえ。」

これには、さすがの喜右衛門も持て余した。職人への手前もあるから、三度に一度は小言もいわなくてはならない。すると秋次の目は座ってくる。何とも不気味な目つきで、ぐれていたという噂も本当かもしれないと思えるのであった。

職人たちも腫《は》れものにさわるようにしてたし、三ケ月は居着いた渡り職人もこそこそ逃げ出していくようになり、のどかな建喜の仕事場も、少々陰気になってしまっていた。

その日は太子講《たいしこう》の寄り合いがあるとかで、親方や弟子たちは出かけていった。

建具の職人たちは、自分たちの守り神として、聖徳太子を信仰していた。年に一度、回り持ちで仕事場に太子の木像か、掛け軸を飾り、その前に差し金《がね》・のみ・鉋《かんな》・手斧・鋸などの道具を並べて、お神酒《みき》を供えた。これが太子講で、仲間内の取り決めや談合をやり、そのあと酒が出た。

寄り合いにも行かない渡り職人も、一日休んで遊びに出てしまい、建喜の仕事場に残ったのは百太郎だけであった。

百太郎が、何気なく道具棚を見ると、兄弟子が砥石《といし》をかけて、古手拭《ふるてぬぐ》いに巻いたのみがおいてあった。

ずしんとくる重み、指にあてると背筋がすっと冷たくなる刃……。見てると、ちょっとためしてみたくなった。

落ちてた木切れに、のみの刃をあててみた。

職人たちの仕事を横で見てるときは、すぱっとのみが入り、ぐぐっとえぐれた。ところが自分がやってみると、のみが木に刺さっていなかった。刃先がつるっと滑って、危うく木切れを押さえていた足の指が切れそうになった。

毎日の百姓仕事で、手にできた血豆があたって痛かったし、ちょっと力を入れても手首がずきんとする。そこでつい庇《かば》うので、余計のみが滑ることになるのであった。

「ぶきだなあ。」

突然後ろで声がした。はっとしてふり返ると、秋次が笑っているのであった。それだけでもう、かあっと血があがってしまった。

たぶん張り倒されるだろう。百太郎は転がされないよう、下腹に力を入れ、きつく目をつぶった。

「なんでえ、よすことはねえだろ。」

「へっ？」

「つづけろ。」

　そこで木切れを持ちなおして、のみをあてたとたん、のみがそれて、左手にぐさっと刺さった。百太郎はその傷を押さえることもできず、血が吹き出すままにしてたら、たちまち手も木切れもまっ赤になってしまった。

「はははは、半人前にもなんねえ小僧に道具いじられちゃ、職人がおこるぞ。帰《けえ》ってくるまえにかたづけとけよ。」

「へえ。」

「ほら、これで拭いとけ。」

　秋次は自分のふところから手拭いを投げてよこしたが、百太郎は、

「自分のがありますから……。」

と、血のついてない右手の甲でそっと返した。

「ど、どうしたのさ、その血は。」

　おこうが仕事場に入ってきたのは、だいぶたってからだったが、百太郎の血はまだ止まらず、ときどきじわっと吹き出していた。

「ばかだね。血止めしなきゃだめじゃないか。秋次さんだね。あの人は気まぐれなんだよ。気をつけなっていっといたろ。」

「ちがうよ。秋次さんのせいじゃねえ。」

「じゃ、そのけがはどうしたのさ。いましがたまで秋次さんがここにいたのはわかってるんだよ。」

「…………」

秋次さんはみんなのいうような人じゃないといおうとして、百太郎は黙っていた。実は秋次は、

「建具ってやつは、粋な細工だ。だから江戸の職人は、やれ清元《きよもと》だ、踊りだって身をやつしてら。なるほどそういうやつの仕事は艶《つや》があら。垢抜《あかぬ》けてら。でもよ、そいつは見てくれだけさ。ぶきなやつがぶきなりに丹精こめた仕事こそ、人の心をうつんだ。急ぐこたあねえやね。ゆっくりやんな。」

といってくれたのだ。案外、秋次は自分自身にいい聞かせた言葉だったかもしれない。しかし、百太郎は秋次のこの言葉がうれしかった。そして、本気で、おいら建具師になるぞと心の中で叫んでいたのであった。吹き出る血を拭うのさえ忘れて……。

おこうも百太郎も息災《そくさい》に、健気《けなげ》に暮らしていた。百太郎は油障子の猿桟《さるさん》とか、便所の戸板くらいなら兄弟子について出かけられるようになっていた。

ところが生麦の両親のほうは、そう息災というわけにはいかなかった。年貢が納められず、

潰れ百姓になったのか、父か母のどちらかが病気になり、暮らしが立たなくなったのか、理由はわからないが、一家は分散して生麦を出ていかなくてはならなくなった。巡礼に出ることにしたらしい。

そこで困るのは、末っ子の四郎吉《しろきち》であった。まだやっと六歳だったから、母親は手放せなかったろうし、巡礼に連れ出すのもためらわれただろう。とうとう四郎吉は建喜に来ることになった。おこうや百太郎がいるから、ついでにこの子もと頼まれ、喜右衛門はしようがないと思ったのだろうか。

「おこう、四郎吉がきてるよ。」

おかみさんにいわれて、おこうが仕事場に行ってみると、もう両親の姿はなく、しょぼんと座ってたのは、本当に四郎吉であった。涙で目がふくれてたが、懸命に歯を食いしばっていた。

それを見ると、おこうのほうがわっと泣き出した。

「おまえもすてられたのかい。なんて親だろうねえ。おまえぐらい育てられなかったのかね。親方さんがたにねえちゃんが肩身がせまいじゃないか。」

おこうは涙でぐしょぐしょの顔をあげると親方にいった。

「おねがいします。きっと百太郎か四郎吉が一人前になって、家をおこしてくれます。そのときご恩返しします。」

ところでこの姉弟がその後どうなったかはよくわからないが、一応ここで終わることにする。私は娘の気負いが書いてみたかっただけだから。

ただこれは最近、横浜市の教育委員会から〈文化財調査報告書〉の一つとして出版された『関口《せきぐち》日記』に、鶴見の建具屋として百太郎の名が出てくる。関口家というのは、生麦村の名主《なぬし》であった。

文政元年八月
二十一日　曇天《どんてん》
鶴見建具屋百太郎来《きた》ル、今日ヨリ始《はじま》リ外壱《はかいち》人来《きた》ル
二十二日　雨天《うてん》
建具屋百太郎弐《に》人来ル
二十三日　細雨《さいう》
建具屋百太郎弐人来ル
二十四日　晴天

三隣亡《さんりんぼう》ニ付建具屋《つきたてぐや》休

二十五日　晴天

建具屋弐人来《きた》ル

二十六日　晴天

建具屋壱人半来ル、但《ただし》百太郎昼過《ひるすぎ》ヨリ神奈川江《かながわ(へ)》細工《さいく》ニ参《まい》リ休ミ

二十七日　雨天

建具屋百太郎外壱人　都合《つごう》弐人来ル

二十八日　晴天

建具屋弐人来ル

二十九日　晴天

建具屋百太郎弐人来ル

一金弐分《ぶ》ト七百拾七文《もん》、建具屋百太郎作料払《さくりょうばらい》、拾四人半

おこうが喜右衛門にいったように、家を起こしたかどうかはわからないが、とにかく百太郎は一人前の職人になったという証明にはなったと思う。

餌差《えさし》の三五郎

当時の鶴見川は、鶴見村の辺りで川幅もぐっと太く、おまけにそこで大きく曲がっていた。水は流れているのか、いないのか、川というより沼のようであった。

今、その水は夕刻近い空を映して、鯖《さば》の肌のような色をしていた。川の中まで生《お》い茂っている葦《あし》は黄ばみかけており、その葦をがさがさいわせて、小さな舟が出てきた。乗っているのは三五郎《さんごろう》という少年であった。十二歳になる。

三五郎はゆりといって、舟を両足で揺すりながら、葦の根方《ねかた》でまどろみかけている鮒《ふな》をおどかしているのであった。鮒はあわてて土にもぐりこもうとするので、泥が煙のように動いた。そこをすかさず網で掬《すく》うのだが、あんまり収獲はなかった。あたりに気を配らなくてはならなかったので、どうしても鮒獲《と》りに専念できないからであった。第一、この舟は三五郎のものではなかった。杭につながれていたのを、黙って借りてきてしまった。持ち主が気がつく前に戻しておかなくてはならない……。

それにもう一つ、三五郎には仕事があった。お鷹場《たかば》の鷹の餌《えさ》として、ミミズ千五百十匹集めるようにいわれていた。三五郎がミミズ捕《と》り（正式の名は餌差《えさし》だが）になったのは、それまで餌差だった父親が死んだ日からであった。それまでだって、実際にミミズ掘りをしていたのは三五郎であったが。

武蔵《むさし》の国には将軍さまの鷹狩りをする鷹場が何ヶ所もあった。江戸のお城から五里（約二十キロメートル）以内の範囲であった。その外側には、たとえば尾張家の鷹場は三鷹《みたか》、紀伊家のは大宮、浦和辺り、水戸家はどこというふうに、御三家の鷹場があった。そしてその外側、十里四方は御留場《おとめば》といって禁猟区になっていた。鷹狩りの際の獲物を確保しておくためであった。

鷹狩りの係は鷹匠《たかじょう》であったが、江戸千駄木《せんだぎ》の鷹部屋を持つ戸田組と、雑司谷《ぞうしがや》の内山組とがあった。それぞれの組が鷹の訓練をする御捉飼場《おとりかいば》を方々《ほうぼう》に持っていた。この鶴見村にも内山組の御捉飼場があり、三五郎はミミズの数をそろえて、そこに納めなくてはならなかった。

鷹は毎年、東北の諸藩から献上された。木の箱に入れて運ばれてくるのだが、それぞれ藩によって趣向があった。たとえば松前藩では、モミの板で、高さ一尺五寸二分（約四十六センチ）、長さ二尺四寸三分（約七十三センチ）、幅一尺五寸五分（約四十七センチ）の箱で、鉄の飾り釘が打ってあるというふうに……。

鷹の行列には鷹匠がつき添い、餌としては各宿場に鳩が飼って用意してあった。

だいたい、十月から十一月ごろの紅葉のころであった。鷹はそのころ、鶴、鴨、ツグミ、白鳥を追って大陸からやって来るからであった。そこを網やもちで捕らえた。

その荒《あ》ら鷹を御捉飼場で訓練するのだが、それがなかなか難しかった。鷹匠は仕込みそこなった鷹が長持ちいっぱいにならなければ一人前になれないといわれていたし、いっぽう鷹にしても十年仕込みを受けないと、鷹狩りで充分な働きのできる鷹にはなれなかった。将軍の鷹ともなると、ただ鶴を押さえるだけでなく、行儀作法まで覚えなくてはならなかったからだろう。

鷹の仕込みには成鳥よりも雛《ひな》から子飼いするほうがいい場合もあった。

鷹は深山の絶壁とか、奥山の古木の梢とかとにかく人の近寄れないところに巣をつくる。巣のある山を巣山《すやま》といって、巣守りをおいて見張りをさせる藩もあった。

鷹は不思議な鳥で、毎年一卵《らん》しか産まない。それも雌雄《しゆう》交互に産まれる。雄を兄《え》鷹、雌を弟《おと》鷹といったが、弟鷹のほうが兄鷹よりずっと大きく、鷹狩りにもすぐれた働きをした。だから値のほうも四倍から五倍くらい高かった。

だいたい二十日間、親は生き餌《え》を獲ってきて、つきっきりで雛を育てるが、二十一日目になると、急に冷淡になって、雛をおき去りにすることが多くなる。つまり放っといても育つ見通しがつくからだろう。そこをねらって巣守りは雛を捕《つか》まえてくるのであった。

三五郎の採ってくるミミズは、雛鷹の餌になった。

ミミズなんて、湿ったところならどこにでもいそうなものだが、数を集めるとなると、楽ではなかった。おまけに形の上から極上、上、並、細、極細と区別され、細以下は数にならなかった。極上というのは、堆肥《たいひ》の中にいる肥えたシマミミズで、黄《き》色い血が出るので、黄血《ぢ》と呼ばれるものであった。そんなのはとっくに捕り尽くされて、村のどこを探してもいなかった。それにこう気温が下がってくると、ミミズも深くもぐってしまう。

だから三五郎は、ミミズを飼っている庭師のところに行って、分けてもらうしかないとあきらめていた。

ミミズは土を耕すといわれていた。枯れ葉の腐ったのを食べ、こなして糞《ふん》にする。黒い光った、細かい粒子の糞は効きめのある肥やしになった。またミミズは土中を縦横《じゅうおう》斜めに穴を掘るから、空気が通い、土が新鮮になった。だから庭師はわざわざミミズを育てているのであった。

庭師から買えば、自分の日当はそっちに行くけど、ミミズの数がそろわないのだから仕方がなかった。日当をあてにしている母親は怒るに決まっている。その口封じに鮒をと思ったのだが、きょうはそれも駄目であった。

鯖の肌のように光っていた水は冷めていって、風が出てきた。秩父《ちちぶ》から来る風だ。川はちりめんじわができ、さすがの三五郎もあきらめなくてはならなかった。

そのときであった。北の空にちりのようなてんてんてんてんが浮かんでいた。まばたきをすれば見失ないそうな、小さなてんてんてんだが、三五郎は見間違えたりはしなかった。

「鶴だ、鶴だ、鶴がわたってきたんだ。」

小舟の淵に手をかけて、じっと目を凝《こ》らしていると、秩父下ろしに乗ってくる鶴は一羽や二羽ではなかった。二、三十羽はいた。やがて真上で旋回をはじめたが、まだ豆粒くらいにしか見えなかった。よほど高いところにいるのだろう。見る角度によって、群れは濃く小さくかたまったり、大きく広がって飛白《かすり》もようになったりした。

「ことしは鶴が来んのが早《はえ》えようだけんど。」

鶴は旋回しながら、少し高度を下げた。長い首を前に、足を後ろに思いきり伸ばし、翼をゆっくり動かしているのが見えるようになった。風切り羽の一列目と二列目の黒い色まではっきりわかった。

これこそ、いつも見慣れた鶴の優雅な飛翔であった。三五郎はがくんと首を仰《あお》のかせたままで、舟がいつのまにか葦からそれ、川の中流まで流されているのさえ気がつかなかった。

三五郎が次に鶴を見たのは、四、五日あとであった。

三五郎はその日も、肥え溜《だ》めの近くの枯れ葉をかきわけたり、掘り返したりしてミミズを掘っていた。庭師がミミズを値上げしたもので、三五郎には買い切れなかったのである。逆にいい奴はこっちに持ってこい、高く買ってやるからといわれた。そこでやはり自分で千五百十匹集めなくてはならなかった。

その十間《けん》ほど先の葦の中に、鶴が舞い降りたのだ。羽をばさっばさっとゆっくり動かしながら、からだを立てるようにし、同時に足を下ろした。そして、五尺（一尺は約三十センチ）、三尺、二尺……というふうに少しずつ降り、ふわっと水溜まりに降り立った。

三五郎は、はうようにして近寄っていった。そして、葦の蔭にしゃがみこんだ。葦の間から見ていると、また一羽、すぐ鼻の先に降りた。頭から首にかけて茶色の毛が残っていた。この春孵《かえ》ったばかりの雛であった。図体《ずうたい》ばかり大きくても、ぴいぴい甘えた声を出し、どこか幼なさが抜けていなかった。

「へえ、おとっつあんとおっかさんとひよっこの鶴でやら。」

親鶴たちは、遅れがちの雛を挟むようにして世話を焼いていた。たとえそれが人間の一家ではないにしても、父のない三五郎にとっては、ちょっと堪《こた》える光景であった。

突然、鶴たちは飛びあがった。鶴が飛ぶときは、風上に向かって四、五歩助走しなければ重いからだは持ちあがらないはずなのに、よほど何かに驚かされたのだろう。助走なしに垂直に飛びあがった。もっとも、雛のほうはぴしゃんぴしゃんと水をはねかして、助走してから不器用に飛びあがったのだが……。

思わず伸びあがった三五郎は、肩をぐいっと押さえられた。あわてて振り向くと、手拭《てぬぐ》いで百姓かぶりにし、野良着《のらぎ》を着た男であった。でも、百姓ではないことくらい、三五郎にもわかった。

「やい、鶴をつかまえようとしていたな。いいや、そうに違いない。鶴があわてて飛び立ったではないか。」

自分がおどかしたくせに、その男は三五郎のせいにした。三五郎ははっとした。そのときようやく、この男こそ鳥見役《とりみやく》で、その中でも一番恐ろしい、〈鬼〉と仇名《あだな》のある上野忠八《うえのちゅうはち》だと気がついたからだ。上野忠八といえば、村の誰かれのすること、なすこと、代官に内通し、目明《めあ》かしのようなことをしているという噂があった。

「やいやい、鶴をとった者がどうなるかぐらい知ってるだろうな。」

「ただ、鶴を見てただけじゃねえか。」

三五郎はかすれ声だったが、それでも黙っていたら代官所に連れていかれてしまうと、夢中でいった。

「おっ、こやつ、手向かいする気か。ただではおかんぞ。小僧め、鉄砲はどうした。ツルをうつ鉄砲だよ。どこに隠した。さては水の中に放りなげたな。さあ、とってこい。」

「鉄砲？　おいらんとこにそんなもんねえ。」

「おんや、こいつはなんだ。」

あごのとがった、目の吊りあがった上野忠八は、三五郎の腕をねじあげた。

「この籠《かご》の中にはミミズが入っておる。こいつを餌に鶴をおびきよせて、生けどりする気だったんだろう。いよいよ勘弁ならぬ。代官所に来い。」

鳥見役の上野忠八は、鶴を寄せる代《しろ》にもみを播《ま》いての帰り道であった。

鶴を囲っておくために、田のいくつかは早めに稲を刈り、乾かし、竹の矢来《やらい》とか葦で垣根を結《ゆ》い回された。これを代といったが、昔はもっと江戸寄りにつくられたものであった。時代が下がるに連れて、江戸から遠くならざるを得なかった。鶴は人の多いところを敬遠したからだろう。この鶴見村には、鶴を寄せる代が二十ほどあった。

上野忠八が百姓かぶりに野良着だったのは、この格好でないと、鶴が寄ってこないからであった。

鷹匠は鷹の訓練が仕事であったが、鷹場の整備や、獲物の調達は鳥見役の係りで、こちらは代官の配下に属していた。

冬場は鶴が来るので、見廻《まわ》りも頻繁《ひんぱん》であった。

「ただいま、どこそこの池にカモなん羽。どこそこの代には鶴なん羽。」

という具合に報告するのが仕事であった。その数が鳥見役の成績になったというから、やれ、鶴をおどかすから、かかしをとり外せ。初午《はつうま》の太鼓はいかん。赤い幟《のぼり》もやめろ。木とか竹は、たとえ自分の庭のものであっても、切ることまかりならぬ。鳥が巣をかけられなくなるじゃないか。新築？　とんでもない、ならぬ、ならぬ。鶴が驚く。猫や犬はつないでおけよ……

というふうに、いちいち細かく、小うるさいことをいった。

鳥見役が村に廻《まわ》ってくると、その口を封じようと、名主や年寄役など村役人たちは、ごちそうを出して、帰りはお土産まで持たせた。そのための村費も馬鹿にならなかった。

たとえば、鳥見役一行《いっこう》七人が巡視にきた際の接待の費用だが、

酒さかな代　金二朱《しゅ》、銭《ぜに》三貫《がん》六百十八文《もん》
おみやげ代　金一分《ぶ》、銭二百文
わいろ（おみやげとは別口）金二分

という記録もある。

この鳥見役は、元来《がんらい》武士ではなかった。土地土地の百姓の主立《おもだ》ったものが取り立てられた

のであった。鳥見役が武士ではなく、自分たちと同じ百姓出身ということでみな、喜んだ。

「おいらたちの苦労や、気持ちをお上《かみ》にとりなしてもらえる。」

ところがそうはいかなかった。土地のことだったら、横丁から袋小路《ふくろこうじ》、畔《あぜ》道、野道、狸《たぬき》の穴まで知り尽くしているのだから、自分の成績をあげるためには、見廻りも厳しかったし、片端から暴《あば》き立てられた。

お上《かみ》もそこがねらいだったろう。『民間省要《みんかんせいよう》』という、江戸時代の記録には、お上の威光を笠《かさ》に着て、出先でさんざん勝手なことをした鳥見役のことが出ている。

実はつい先ごろも、この鶴見村でも、平次郎《へいじろう》という若者が夜中、麻袋に餌を入れて鴨を捕《つか》まえようとしたところ、鳥見役に見つかった。

平次郎も真夜中なら、まさか鳥見役衆《しゅう》も廻《まわ》っては来《こ》まいと思ったのだろうが、そこが油断であった。まったく鳥見役は神出鬼没、恐ろしい存在であった。

三五郎はあのときの村の大騒ぎを思い出し、ぞっとした。こいつはとても助からないぞ。鴨であの騒ぎだった。それがこんどは鶴だもの。軽くて島送り、重ければ……。三五郎は泣き声をあげた。

「おいら、御捉飼場におさめるミミズをとっていたんだ。おいらの鼻っさきに鶴のほうから舞いおりたんだよう。」

「わめくな。代官所のお白洲《しらす》で申したてろ。」

鳥見の忠八は三五郎の首根《くびね》を押さえて、わざと往還《おうかん》を通っていった。村人への見せしめという気持ちだったのだろうか。

三五郎はつまずくふりをして転がってみた。隙《すき》があったら逃げ出そうと思ったからだが、襟髪《えりがみ》をしっかりつかんだ忠八の手は離れなかった。

「逃げようったて、そうはいかんぞ。」

「おいら鶴に手をかけなかった。」

「当たり前だ。そんなことしてみろ。磔《はりつけ》獄門《ごくもん》だ。近ごろ江戸には鶴のあつものを出す料理屋があって、不心得者《ふこころえもの》の密猟が絶えん。いま、その詮議《せんぎ》のところだった。綱にかかったのが、小僧、お前だ。覚悟しとけよ。」

「おいら、そんなことするもんか。」

「うるさい。吠えるな。」

この騒ぎに、村の人たちが気づかないわけがない。

「三五郎が鬼につかまったぁ。」

と、口から口、戸から戸へ……、たちまち村中の人が知ってしまった。

ちょうど松並木にかかったとき、松の蔭からばらばらっと出てきたのは三五郎の母親そして向こう三軒両隣《どなり》、つまり五人組であった。先回りして待ち伏せていたのだ。三五郎が有罪と決まると、五人組にも罰が来るから他人事ではなかったのであった。続いて名主《なぬし》の佐久間《さくま》権蔵《ごんぞう》まで、羽織の紐《ひも》を結びながら転がるように駆け出してきた。

「これはこれはお鳥見の上野さま、村の者《もん》がごやっかいをかけまして。どうかお見逃しくださいませ。この子はお鷹さまのお餌をとる餌差《えさし》をつとめている者にございます。どうか、お許しくださいませ。」

「ならぬ。いちおう、代官所で吟味《ぎんみ》いたすわ。」

「この三五郎は母をたすけて一家をささえております。これでも屋台をかつぐくらいでございまして。この子にいかれては一家が路頭にまようことになりますので。」

「おねがいもうしあげます。おねがいもうしあげます。」

「ご慈悲を……」

「仕様《しよう》がないな。よし、あいわかった。いちおう名主預けにいたしおく。」

どうも鳥見役も初めから代官所まで引っ立てるつもりはなかったようであった。むしろ、名主や村の人たちに恩を売っておいたほうが、三五郎を鶴泥棒にするより得策だと思った。

そこでわざと村の大通りを大袈裟《おおげさ》に三五郎を小突《こづ》いて通った。これで三五郎の親類たちや五人組、名主、年寄役《としよりやく》などの村役人から何がしかの礼が来る……。

「ありがとうございます。ありがとうございます。」

「ああ、よかった、よかった。それにしても三五郎、気をつけてくれろや。鬼といざこざをおこしちゃ、高くつくからねえ。あいだに立つわしの苦労もかんがえておくれ。」

名主はほっとしながらも、次の心配、鳥見役上野忠八に持っていく礼の方のやりくりで、気が遠くなりそうであった。

三五郎の預り証文《しょうもん》を代官所の鳥見役宛てに差し出したり、「差し上げ申す一札《いっさつ》の事」という詫《わ》び状を書いたりで、村役人たちは一ケ月月近くかかりきりであった。散財させられた上にもったいつけられるのではやりきれない話だが、鳥見役、それも鬼の忠八相手では仕方がなかったかもしれない。

おろおろしている三五郎に、こんどは御捉飼場から「ミミズはどうした」と、催促が来た。

「実はこれこれしかじか、お鳥見衆につかまりましたのは、実はこちらへお納めするミミズ掘りの際でございました。何とかこちらさまよりもお口ぞえのほどを。」

「鳥見とは管轄が違う。お鷹所では預り知らぬことじゃ。請《う》け合えぬ。」

という訳《わけ》で聞き入れてはもらえなかった。鳥見とお鷹所は同じ鷹の仕事でありながら、あれで微妙な張り合いがあったようだ。そして、そのいざこざのとばっちりで泣かされるのは村のほうだから嫌になる。

ようようのことで、ケラ虫を混ぜてもよいとの許しをもらったが、そのケラも夏場と違う。そうやすやすと集められるものではなかった。畦道に米糠《ぬか》を播いて呼び寄せるのだが、寒さによわっているケラは、捕ってもすぐ死んでしまうのもあった。

とにかく御捉飼場に納めに行ったとき、そこで三五郎は面白いものを見た。

「ほーい。」

という気合いのこもった掛け声と、続いてばさっという羽音がした。三五郎が竹矢来《たけやらい》をのぞくと、鷹匠たちが鳩の足に紐《ひも》をつけて引きずり、鷹に飛びかからせているところであった。鷹は低く滑空《かっくう》し、鳩目がけて爪を立てた。すると鷹匠は走り寄って、その鳩を取りあげ代わりに肉片をやっていた。

まだ瞳の色の青い若鷹は、鳩が地面をずるずるっと引きずられても、ぎろっと目で追うだけで、飛びつこうとはしないのであった。

この訓練の前は二、三日餌を与えず、ひもじいはずだ。怒りっぽくなっていて、動くものさえ見れば攻撃するという野性が目覚めるところなのに、まだ訓練するのには若すぎたのだろうか。だめな鷹なのだろうか。それとも、鷹匠たちが根気よく何度もやらせたらできるものなのだろうか。三五郎には判断できなかった。面白いのはそんなことではない。その次であった。

他の一隊が鷹を拳《こぶし》に乗せ、御捉飼場から出ていった。鶴の来る代で、鶴を追う訓練をするのであった。三五郎は見え隠《がく》れについていった。見つかれば先日のような騒ぎになるかもしれなかったが、好奇心のほうが強かったのである。

鷹匠の合図で、鷹は鶴目がけて一直線に飛んでいった。鷹のねらいは鶴の細首であったが、鶴も気配を察して、際《きわ》どいところでするりとかわした。しつこく追ってくる鷹の荒い息遣《づか》いを背に感じると、鶴は突然、長いくちばしをひねって反撃してきた。

さすがの鷹もたじろいだ。下では鷹匠たちが、

「上意《じょうい》、上意…………」

と力声《ちからごえ》をかけて鶴をおどし、鷹を励ますので、鷹はそのたびに気を取り直した。

いったん舞いあがった鷹は、上から鶴を襲った。片足で首をつかみ、もう片足を背中にかけようとした。こうして両足に力を入れて締めていけば、鶴の首は折れてしまう。

鶴はそうはさせなかった。もがきにもがいて爪を外した。鷹はこんどは小うるさくつついてくるくちばしを封じようとした。が、やはりうまくいかなかった。

鶴はさすがに少し翼を乱したけれど、身をひねって逃れた。すかさず鷹は追おうとしたのだが、鷹の足には逃がさないための細い隠し紐がついており、端はしっかり鷹匠ににぎられていた。

鶴を外した鷹はすっかり興奮して、反対に下でうろうろしている鷹匠見習いのひとりに飛びかかった。がっと肩口に爪を食いこませ、全身の重みをかけた。見習いは痛さと重さに堪《た》えかねてうめいた。

鷹匠は将軍さまの鷹を打つわけにもいかず、部下の災難を救わぬわけにもいかず、駆け寄ってみたものの、鷹の鋭いくちばしと眼に手が出せなかった。やっとのことで大勢で引き離されたが、そうとうひどい傷らしく、見習いはみなに抱えられなければ立てなかった。

その一部始終を三五郎は見ていた。御捉飼場ではときどき起こる小さな事件に過ぎなかったろう。しかし少年にとっては決して小さなことではなかった。

「鶴みてえに弱《よえ》えもんでも、いのちがけで向かってけば、鷹のようないばりくさった連中にひと泡ふかせられるんだ。」

三五郎は鬼の忠八を思い浮かべていた。おいらばっかじゃねえ。おっかあも、五人組の連中も、名主さまも、どんだけしぼられたか。どんだけ泣かされたか……。

忠八にむしゃぶりつく想像でかあっとなったが、次の瞬間小前の百姓の、それもたかだか十二やそこいらの子どもにとっても刃向かえる相手ではないと、こんどは恐ろしくなった。それこそ自分ひとり牢屋に行くだけじゃ済むまい。一村お取り潰しという騒ぎにもなりかねない。

三五郎はおこりやみのように、やるぞという武者震いと、とてもだめだという絶望を交互にくり返していたが、だんだん日がたつと、その興奮も冷めていき、いつか忘れていった。

ところがある日、思わぬ仕返しの好機は向こうからやって来た。

三五郎は名主から、霜よけに敷く松葉をかいてくるように頼まれて、裏山に登っていった。別所《べっしょ》という辺りからやや上りになる道は、日が当たり、早くも霜が解けて、うっすら濡れていた。三五郎の背にも日がほこほこ温かく、何だが自分も霜みたいに解けていきそうであった。

「おっ、小僧、三五郎と申したな。どこに行く。」

三五郎はどきんとした。何と鳥見役の上野忠八だったからだ。笑ったことなどないはずの忠八が、わずかに目尻を下げて、にっとしたので、その不気味さに三五郎はぞっとした。

「やい、小僧。この先に村の隠し田があるそうじゃないか。案内せい。」

やはりそんなことであった。三五郎は知らないといおうとしたが、声が出ず、頬が引きつっただけであった。

「隠してもだめだ。お年貢逃れの隠し田をつくって息をつくのは、どこの村でもやってるこった。さあ、案内いたせ。お前もそこに行くとこなんだろうが。」

「松葉かきだ。」

「ごまかすな。」

　忠八は目を吊りあげた。ずーんとひびく声に三五郎は縮みあがったが、突然、先日のあの昂《たか》ぶりがよみがえった。へん、だれが、村のいのちみたいな隠し田をばらすもんか。くそっ、鶴でさえ、そうやすやす鷹の爪にはかからなかった。そうだ。鬼を山ん中じゅう引っぱり回してやろう。

「わかったよう。わかったってば。だからえり首しめあげる手をゆるめてくれよう。口が利《き》けねえじゃねえか。案内するよう。でもおいらが隠し田教《おせ》えたってのは、内緒にたのむぜ。」

「ようし。ふん、観念したか、小僧。よい心がけだ。」

　三五郎は籠《かご》と熊手《くまで》を道に下ろした。逃げるとき邪魔になると思ったからだ。

　忠八は、この少し間抜けな小僧をだまし、村の隠し田を暴けば、成績はあがるし、代官の信用は増すし、朋輩《ほうばい》も出し抜けるしと、ほくほくしながら三五郎を急《せ》きたてた。

　よろが池という青みどろがよどんでいる池の脇を通り、さらに細い山道に入っていった。松の林を過ぎ、雑木の中のうねり道を登った。この辺までは忠八も見廻りに来たことがあった。何だ、こんなところにあったのかと思っていると、三五郎はわずかに草が両側に寝ているだけの獣《けもの》道に入っていった。田んぼどころか、山が深くなりそうなので忠八は少し気になりだした。

「やい、小僧、だます気か。」

「だますなんて……。お鳥見さまは百姓の苦労をごぞんじねえんです。すぐ行けるような道なら、隠し田にならねえでしょう。」

いかにももっともなので、忠八は黙った。

こんどは三五郎はいきなり藪《やぶ》に飛びこみ、両手で払いはらい、漕《こ》ぎ出したので、忠八はまた怒鳴った。

「いいかげんにしろ。小僧。鷹狩りじゃねえ。」

「ほーら、お鳥見さまにはなんにもわかってねえんだ。」

「馬鹿申せ。ずいぶん村からはなれたぞ。」

「いちばんちかい田で五里（約二十キロメートル）はあるからなあ。」

「五里だと。なぜ、そんな苦労をする。」

「なんでえ。お役人さまはおいらたちのこと、ちっともごぞんじねえ。ああ、なさけねえ。お年貢なしの田だもん。五里が十里になってもだれが苦にするもんか。」

道は崖《がけ》に突きあたった。三五郎は垂れている木の根につかまって登りだした。いくら何でもこいつはおかしい。鍬《くわ》を持った百姓がこんな崖をはいあがったりおりたりはしない。文句をいおうとして、忠八は黙った。三五郎の魂胆《こんたん》がわかった。小癪《こしゃく》な小僧め、どうするか今に見てろ。

　忠八が口うるさく、小突《こづ》いている間は三五郎も平気だったが、急に何もいわなくなったので、気味が悪くなりだした。さては気づかれたんだ。なあに、かまうもんか。細工はこれからだい。

「上野さま、隠し田はこの向こうです。近道を行きましょう。」

　三五郎は崖の途中のわずかな棚を横にはいだした。木の根や岩を伝って横ばいしなくてはならないので、それまでしっかり帯をつかまれていた忠八の手が、初めて離れた。今だ。三五郎は足を滑らすふりをして、わざと谷に転がり落ちた。

「たすけて、たすけてえ、上野様、上野様ぁ。」

　三五郎は途中の木の幹にしっかり抱きつくと、またひとしきり、助けて、助けてぇとわめいた。それから足もとに引っかかっていた岩を思い切り落とした。ざざっ、ざざざっ、ざざざ――ん。それからしーんとなった。いくらのぞいても、雑木《ぞうき》の枝が茂っていて、谷底は見通しが悪い。

「小僧、おーい、小僧、馬鹿。早くあがってこい。こんなところで落ちても助けにいけるもんか。手間をとらしやがって。隠し田はこの向こうと申したな。よし、行ってくる。帰りにまだ生きておったら助けてやる。」

　忠八はいい訳《わけ》をいってから、横ばいにしてさらに深い山中に入っていった。三五郎はしばらくひそんでから村に帰ってきた。忠八を山の中で引っぱり回したことも、三五郎は黙っていた。村の人に迷惑がかかると思ったからだ。

　忠八は四日目か五日目、山の中で倒れているところを猟師に助けられて、代官所に帰ってきたそうだ。不思議なのは、鬼といわれたあの気力、迫力すべてを失い、ふぬけのようになっているという噂であった。山の中でどんな目に会ったのだろうか。いっぽう、三五郎はあれ以来、目は生きいきし、背丈《せたけ》もぐんと伸びたように見えた。〈やればできる〉という自信が少年を成長させたのだと思う。三五郎の得たものを、上野忠八は山の中で落としてきたようであった。

あしびき地蔵

東海道鶴見村には、いろんな地蔵が立っていた。はっきりわかっているのだけでも十九体はあった。そのほとんどが立ち姿で、丸彫《ば》りのものと、舟形の光背《こうはい》を背負《しょ》っているものとがあった。どちらも左手に宝珠《ほうじゅ》を、右手に錫杖《しゃくじょう》を持っていた。顔の輪郭は丸く、細い切れ長の目と、小さな口が特徴であった。これらはみな同じ作者、吉六《きちろく》のものであった。

吉六というのは、十五代（九代という人もいる）続いた鶴見の名石工《いしく》、飯島吉六《いいじまきちろく》のことであった。地蔵のほかにも、庚申塔《こうしんとう》とか、道祖神《どうそじん》とか、〈是《これ》より寺尾道《てらおみち》〉などの道標《みちしるべ》から、お宮の狛犬《こまいぬ》にいたるまで、吉六の名のついたものが、今でも残っている。地蔵はそのうちの何代目の吉六の作なのだろうか。

風化がひどくて読めないが、辛うじて文化十癸酉年《みずのととりどし》……と推量できるのがあった。とすると、地蔵が好きで地蔵ばかり彫っていた石工は、文化文政年間（一八〇〇年ごろ）生きていた吉六ということになる。

鶴見橋を渡って村に入ったすぐの山側に吉六の店があった。今でも吉六の使った井戸というのが残っている。家の構えは、表間口六間（約十一メートル）で、六畳、六畳、八畳の座敷があったというから、村では名主《なぬし》に次ぐ構えであった。

だいたい、地蔵信仰は江戸時代の初めとか、終わりは少なくて元禄から文化文政にかけての中期が一番盛んで、地蔵つくりもブームであった。鶴見ばかりでなく、日本の地蔵はそのころのが多い。

材料は箱根の石が多かった。近いからであろう。安山岩系の石で、硬くて細工しにくいが、その代わり長持ちした。秩父の青石もあったが、これは層になっているので、薄く切って、板碑《いたび》になった。

後になって、千葉の鋸山《のこぎりやま》の凝灰質《ぎょうかいしつ》の砂岩《さがん》が来るようになった。この石は柔らかくて、細工しやすいが、もろい。地蔵は辻に立ちっぱなしだから雨に濡れ、陽《ひ》に照《いた》らされる。雪をかぶった朝など、それが凍ってひびが入ることだってあった。だから傷みも早く、目鼻のぼんやりしたのも多い。

頭が痛かったり、腰の病《や》めるとき、鶴見の人が拝みにいくのが、東寺尾《ひがしてらお》の〈しばり地蔵〉で、そのときもったいないことながら、

「お地蔵さま、こらえてくだされ。おらの腰を治してくださったら解いて進ぜます。」

と縄をかけた。身代わりになって痛みを受けてくださるそうだ。

いぼを取ってくれるのは、東海道沿いの東福寺《とうふくじ》の〈いぼとり地蔵〉であった。

滅多に医者や薬の世話になれなかった農民たちにとって、辻の石地蔵はただ一つの頼りであった。拝みに行くだけでなく、枕もとに立たせて、病人にじかに拝ませるのもあった。応診までさせられたとは、いよいよ医者並みではないか。

これも今になっては、どこに立っていたものかわからなくなったが〈かんかん地蔵〉というのもあった。台座の石をかんかんと欠いて、その石の粉をいただく。一説には、それを飲むと万病に効《き》くということだが、ある人は、それを財布に入れておくと、金が溜《た》まるといった。

大工の源八《げんぱち》の横丁を、寺尾のほうへ数丁行くと〈子持ち地蔵〉と〈厄除《やくよ》け地蔵〉が並んでいた。〈子持ち地蔵〉は左手に子を抱き、足もとに子どもをすがりつかせたスタイルで、これだけは他の地蔵と変わっている。時代とか作者が違っているのだろうか。

〈厄除け地蔵〉は本来、村の入り口に立っていて流行《はや》り病《やまい》や、害する虫などが入ってこないよう番をする役目を持たされているのだが、ここは村の入り口ではない。移されたのだろうか。あるいは当時、ここは三叉路《さんさろ》でちょっと迷いやすいところだったから、道標《みちしるべ》をさせられていたのかもしれない。この地蔵は今でも結構、お賽銭《さいせん》があがっている。厄年の人が拝むのだろうか。

面白いのは〈ぼてふり地蔵〉である。これは蛤《はまぐり》やアサリを売りに、生麦村とか、潮田村《うしおだ》辺からやって来るぼてふり商人《あきんど》が、行きがけに拝んでいくのであった。ただ拝むだけでなく、無体《むたい》にも倒していく。そして荷がすっかり売れ切ったら、帰りに起こして、願ほどきをするというのであった。

〈しばり地蔵〉にしろ、この〈ぼてふり地蔵〉にしろ、されるままになって文句一ついわずにこにこにこしている地蔵を想像するとほほえましい。

〈お菊地蔵〉という女名前のやさしげな地蔵もあった。たぶん幼くして死んだお菊ちゃんの供養に、両親が建立《こんりゅう》したものだろう。お菊ちゃんは流行り病か疱瘡《ほうそう》だったかもしれない。疱瘡なんて、昔は一度はかかる大厄で、運が悪けりゃお菊ちゃんのようになった。

個人持ちの地蔵は代《だい》が替わったり、家が絶えたりするとわからなくなるのが多いが、〈お菊地蔵〉だけは建てられたところにずっと立ってきた。赤いよだれ掛けも、何回掛け替えてもらったろうか。花とかだんごも絶えなかったようだ。幸せなお地蔵さんだ。

鶴見にはお菊ちゃんみたいな地蔵ばかりではなかった。あちこち回された地蔵だっていたのだ——。

ある年鶴見村で、幼い男の子が煮えたぎった大釜に転げ落ちた事件があった。大通りの桶《おけ》屋の七右衛門の長男で、太吉《たきち》といった。五歳であった。

大釜というのは商売用で、たがにはめる割り竹を煮るために、しょっちゅう湯が沸かしてあった。竹を煮るのは細工《さいく》しやすいように柔らかくするためであった。もう一つは竹の中に産みつけられた虫の卵を殺すためでもあった。

仕事場の隅の竈《かまど》の上の大釜は、七右衛門でも歯の高い足駄《あしだ》を履いて、ちょっと伸びあがり加減にしなくては、割竹を釜の中にたくしこんで煮る作業はできなかった。

そんな高い大釜に五歳やそこらの子がどうやってはいのぼり、煮えた湯の中に転げこんだものだろうか。

七右衛門はその日、自分の店で仕事をしていなかった。ときどきは外廻《まわ》りといって、輪にした割竹のたがを担いで、農家を廻ることにしていた。そして軒先とか木蔭に座って、肥担《こえた》桶《ご》のたがを締め直すのであった。その日はちょうど、その外まわりの日にあたっていた。店で割竹を煮ていたのはおかみさんであったが、ちょっと目をはなした隙のできごとであった。

七右衛門は吉六に頼んで、地蔵を彫ってもらい、供養をした。地蔵には確か、太吉の名がついていたはずだ。

地蔵は桶屋風情《ふぜい》にも簡単につくれたのであろうか。「制作代一両」とあるが、それは石工の手間だけである。それだけでは済まなかったろう。石材代・運搬代・開眼料など、七右衛門にとってはちょっとやそっとの無理ではなかったろう。それをやったのは親の慈悲というものかもしれない。話はそれだけのことであった。――ところが、村ではいつまでもこの不幸な事件の噂がひそひそささやかれていた。それは死んだ太吉というのが、先妻の子、つまりおかみさんにとって、継《まま》しい子であったからだ。

「継《まま》っ子ってのはじゃまでしょうがねえもんだよ。」

「そうかねえ。」

「そうともよ。おめえは実のおっかさんだからわかんねえんだよ。継母《ままはは》ってのは底意地の悪《わり》いもんだ。おいら継っ子だったからよくわからあ。まあ、見ねえ。」

その男は野良着《のらぎ》の片肌を脱ぎ、胸を半分出した。そこには引きつれが二ケ所できていた。

「おいら、風邪をこじらせたことがあった。ちっちぇえがきの時分さ。胸がつまってぜえぜえいってたらよ。新しいおっかあがどこからか、〈こんにゃくを湯で煮て、胸をあっためてやるといい〉って聞いてきてよう。おいらの胸におっつけたんだ。手のごいにもくるまねえで、じかだぜ。こいつがそのあとよ。かぜがなおっちまっても、やけどでおいら長《なげ》えことねてなきゃなんなかったんだ。継しいってのは、ひでえもんだぜ。」

「…………」

よく考えてみると、こんにゃくを手拭《てぬぐ》いで包む知恵さえない、うっかり者の農婦で、悪気があったわけではなかったろうが、無残な引きつれを見せられたほうでは、ぞうっとして、やっぱり継母ってものは業《ごう》の深いものだと思ってしまうようであった。

「七右衛門んとこのおっかあだってそうさ。やさしい顔してるけどよ。釜ん中につき落としたにきまってるぜ。」

「まさか。」

「おめえにゃわかんねえ。じつのおっかさんに育てられたやつに、あの地獄はわかんねえ。」

「そうかねえ。おめえはそういうけど、地蔵まで刻《きざ》んで供養しているあの姿に、うそはねえと思うけんどよ。」

「ああ、やだ、やだ。だからおめえは後生楽《ごしょうらく》っていわれるんだぜ。ちっとは他人の苦労も考えるもんだ。その地蔵をほるってえのも変なもんでねえかな。継母って世間にいわせねえ算段かもしんねえぞ。その奥にひっこんだ目、しっかりあけて見ねえな。」

「…………」

初め半信半疑だった聞き手も、そういうもんかなと思いはじめ、こんどは別の場所で桶屋の継っ子の話が出ると、聞いた話を、さも自分の考えのように話してしまうのであった。継母談義をとうとうとやって相手を黙らせる番だ。

「あのおっかあめ、どうも太《た》あぼうを釜ん中につき落としたらしいぜ。いや、おいら見たわけじゃねえ。でもよう、そんくれえやりかねねえよ。女ってやつはおっかねえからな。」

話は口から耳へ、またその口から耳へとささやかれていった。桶屋に聞かれないよう、遠慮しいしい……。

桶屋のおかみさんの耳に入らないわけはない。あわてて打ち消して回った。それがいけなかった。放っておけば良かったのだ。

「あわてふためきやがって。何もなけりゃ打ち消して回ることはねえやな。何かあるってことじゃねえけ。」

というわけで、せっかく七十五日で下火になるところを、かえってまた火の手を煽《あお》った結果になった。

街道の桶屋の横丁に立っている地蔵もいけなかった。見れば誰でもあの惨事を思い出す。花でも差してあろうものなら、

「ほれ、七右衛門のおっかあがこれ見よがしに花なんか供えてやがら。」

「おおかた、ゆんべ、太あぼうの夢見たんだ。太あぼうの幽霊が出たんでねえのけ。」

そこで七右衛門は、夜中太吉地蔵をしょって裏山においてきた。どこなのか村の人には内緒にしていた。もちろんおかみさんにも教えなかった。おかみさんは村の人たちの口にひど

く気を病んでいたからだ。今でいうノイローゼであった。ようやく、噂は止《や》んだ。

それから何年たったか……、あるいは何十年だったかもしれないが……、ある年のこと、街道の休み茶屋の一つ、〈あけぼのの茶屋〉のめし炊きの五平《ごへい》が、裏山に柴を集めに登っていった。

〈あけぼの〉といえばふつう〈曙〉と思うだろうが、実をいうとこの茶屋、赤い盆でどぶろくを出した。そこで村では「あけえぼんの……」茶屋といったのが、起こりであった。

ところで、五平が山でぺきぺき枯れ枝を折ったり、束《たば》ねたりしていると、子どもの泣き声がした。

「はて、こんなとこに子どもがいるはずはねえ。キツネがおらを化かしにかかってんのかもしんねえ。」

五平はぞっとして、何もかも放り投げて山を下りようとしたとき、また聞こえた。暗い茂みの奥からであった。目を凝《こ》らしてのぞいたが、どうもはっきりしなかった。声も止んでしまった。

「やっぱ気のまよいだった、やれやれ。」

すると、また聞こえた。こんどは泣き声のあい間にはっきり、

「おいらをここから出してくんろ。」

と、聞こえた。

「なんだ、なんだ。村のがきかよう。落ち葉っかきにでもやってきて、けものわなに落っこちたんだべ。よしよし、どこだ。今いってやんから。」

あけえぼんの茶屋の五平は、藪《やぶ》に飛びこんだ。途端に何か石のようなものにけつまずいた。草に隠れて石が転がっているのが見えなかったのだ。

「おお、いてえ。」

見ると生爪《なまづめ》がはがれ、血豆ができていた。

「こいつめ。」けとばそうとして、よく見ると、ただの石ではなさそうであった。

「ありゃあ、こ、こいつは地蔵さんだあ。もしかしんと……おいらよばったのは……」

五平はやっこらさと小ぶりの地蔵を起こした。からだは半分土に埋まっていた。泥まみれのお顔をこすっても、湿気《しっき》がしみていて、泣きべそをかいているように見えた。

「こんな山ん中にうもれて、もってえねえ。どれ、下までおつれもうすべ。」

五平は下の道まで抱いていって、松の木の下に据《す》えた。

この地蔵は、山の中で五平の足を引っぱったというので、〈足ひき地蔵〉ということにな

り、こうして村の名物が一つ増えた。実はこの地蔵こそ〈太吉地蔵〉であったが、村の人たちは気がつかなかった。あるいはもしやと思った人もいたかもしれなかったが、誰もいい出さなかった。

地蔵が据えられた辻は、ちょっと広くなっていて、子どもの格好の遊び場であった。村の子の遊びを地蔵は一日見ていた。湿気のしみも今は消え、本来の微笑が戻っていたから、いかにも子どもたちの遊びを喜んでいるように見えた。何をやってもにこにこしている無邪気な地蔵は、そのうち子どもたちのいい弄《もてあそ》びものになった。相撲の相手をさせられて、放り投げられたり、馬乗りになって押さえつけられたり……。

子をとろ子とろ　どの子をとろか
おみつがほしや　なにをくわす
ととやまんまくわす　なにをきせる
きんらんどんす　しゅすの帯

〈子をとろ〉をしているとき、見慣れぬ子がひとり混じっていることもあった。子どもたちは夢中になっていて気がつかなかった。でもひとりでも、おや、いったいどこの子だろうかと目をこすって数え直すと、顔ぶれは別に変わっていない。いつもと同じ遊び仲間だけ。

そんなときのことだ。村で「お地蔵さんが仲間になった」といっているのは――。だいたいこの〈子をとろ〉も賽《さい》の河原で鬼が子どもを引き立てていこうとするのを、地蔵が守ってくれることから出た遊びだから、地蔵が飛び入りしても、不思議ではなかったかもしれない。

こんなこともあった。秋祭りの日のこと、あけえぼんの茶屋の五平は主人から、寺尾の親類におこわを届けに行かされた。五平が重箱をさげて、地蔵の辻にかかったときだ。誰かが呼び止めた。あわてて振り向いたが、誰もいない。地蔵が一体、松の木の根方《ねかた》にいるきり。

「あんれ、またおめえさまかね。おらの足ひくのは。何か用かね。」

「おみつぼうもかずぼうも遊びにきてくんねえもん。きょうはみんな何してるだ。村になんかあんのかね。」

「きょうは祭りだあ。村の衆はお宮さまに行ってるだあ。ほれ、お神楽《かぐら》の囃子《はやし》が聞こえるでねえかね。」

「おらも行きてえ。おらおぶって、祭りに連れてってくんろ。」

「おらあ寺尾に行かなくちゃなんねえけんど。じゃその前にひとっぱしりおめえさまをお連れもうしますべ。おらが寺尾に行ってるあいだ、おとなしくひとりでお神楽見てもらえっかね。」

「うん、そうする。」

五平は地蔵を背負《しょ》うと、お宮に向かって駆け出した。

トヒヤレ、トヒヤレ……。囃子の音が近づくと背中の地蔵も浮かれだし、「はやく、はやく」とはねた。

「あれ、おめえさま、のどっくびの手の力ゆるめてくんろ。おら、息できね。」

五平がいうと、喉《のど》が楽になった。ちょっと行ってから、五平ははてなと思った。石の地蔵が手を出すかな……。そうっと脇腹の辺りをうかがってみると、村の子と同じ泥のついたかわいい足が見えた。

お宮は大した人出であった。

　チョンチョン　ヒチョンヒチョン
　タアトン　ストトン
　ヒャラー　ヒャラー　ヒャイトロ　ヒャア
モミの袴《はかま》に白い布衣《ほい》の三番叟《さんばそう》が舞っていた。

寺尾から帰った五平は、また二つ三つ用をいいつけられ、だいぶたってから、お祭りに連れ出した地蔵のことを思い出した。日は暮れかけ、薄青い夕闇が木立のあたりに立ちこめていた。あわててお宮に飛んでいくと、もちろんとっくにお神楽は終わり、人出も減っていた。

神楽殿の下には子どもがたったひとり、しくしく泣いているではないか。五平が駆け寄ると、ぐしょぐしょの顔をあげて、それでもほっとしたようにいった。

「おらひとりおいてきぼりにして、わすれちまうもんがあっか。」

それからというもの、五平はどうもこの地蔵が気になってならない。日にいっぺんはやって来て、声をかけることにした。たいがい子どもたちが遊んでて、地蔵はにこにこ見ていた。ところがある日、村の子が松の枝に乗っておしっこをしていた。

「滝だ、滝だ。」

地蔵は顔色一つ変えず、にこにこしぶきを浴びていた。五平はかっとなった。

「こらっ、どこのがきだっ。罰《ばち》いあたるぞ。」

引きずり下ろすと、さんざんぶっ食らわした。横っ面《つら》を張るくらいじゃ村の子には効かない。尻っぺたまでいくつか叩いた。

その夜のことだ。夢の中に地蔵が出てきて五平にいった。

「よくもおらの朋輩をぶったたいたな。おらたち楽しくやってんのに邪魔しないでくんろ。」

五平は地蔵が日を吊りあげて怒るのでびっくりした。初め何のことかわからなかったが、突然昼間のことだと気がついた。

「あれ、だっておめえさま、あんなことさせちゃいけねえ。親によっく談じてやる。」

「それがよけいなことだ。そんなことしてみろ。みんな遊びにきてくれねえ。」

「へえ、おら親たちに奉加帳《ほうがちょう》まわして、おめえさまのお堂を建てんべと思ったんだがよ。」

「そんなことされてたまっか。やめてくんろ。」

さて〈あしびき地蔵〉のその後であるが、明治ごろまであった地蔵の辻も廃道《はいどう》になり、またた地蔵は埋もれかけた。偶然引きずり出されたが、そのとき滑って、地蔵は溝に落ちどこかを欠いたらしい。あわてて石屋に頼んでいくらかかけて飾ったそうだ。

ところがとうとうその地蔵も粉になる日がきた。鉄道をひくときのことらしい。信仰した人が、その粉を集めて地蔵をつくった。そのときはもう、〈太吉地蔵〉や〈あしびき地蔵〉の面影《おもかげ》はなく、名も〈延命《えんみょう》地蔵〉となった。これは今も鶴見にある。

おむらのよみかき

鶴見村には寺子屋《てらこや》とか、手習い所《じょ》などなかったが、隣村の生麦《なまむぎ》まで行けば、名主《なぬし》のところで読み書きを教えていた。

師匠は関口藤右衛門《せきぐちとうえもん》といって、名主でもあり、医者でもあり、俳諧とか狂歌などをたしなむ、いわば当時の文化人であった。手習いも村の子どもの行く末を思ってのことで、名主の当然の務めと心得ていたようだ。

手習い子は上層の農民たち、たとえば年寄《としより》とか百姓代といった村役人の子、あるいは街道沿いのほんのひとにぎりの茶屋町《ちゃやまち》の子、しかも男の子だけであった。村役人の子は後継者の養成といった意味があったし、商家では証文《しょうもん》が書けて、銭勘定《ぜにかんじょう》ができればいいというくらいの気持ちで通わせていた。

その年、鶴見からふたり、初登山《はつとざん》（入門のこと）があった。それもふたりとも娘たちだったから、村の人たちは驚いた。

ひとりは年寄役の与左衛門《よざえもん》の孫のおもとで、これはみんな、そうあれこれいわなかった。問題は今ひとりの佐兵衛の娘、おむらであった。佐兵衛は与左衛門の店子《たなこ》で、いってみればその日暮らしだったから、村の者もびっくりするわけだ。

「水呑《の》みの娘に、何の字がいろうか。」

という反対派と、

「いんや、やつは娘を商家のかみさんにするつもりだべ。玉の輿《こし》だわね。やつはてえした知恵者かもしんねえな。こいつはゆだんがなんねえ。」

佐兵衛が聞いたら、気にするようなことをいいながら、これでも賛成派のうちで、当座はちょっとこの噂で賑《にぎ》わった。

実は与左衛門は孫のおもとを通わせるのに、ひとりでは心許《もと》ないと思ったのか、佐兵衛に、

「おめえんとこの出せ。」

と、いって来たのであった。それがわかってからは、村の人たちもやっと納得した。

「手習いも守《もり》っ子のうちだべ。」


だいたい、寺子屋にあがるのは、初午《はつうま》か、六月六日に決まっていた。おもととおむらが行ったのは、二月十日の初午であったが、あいにくその日は雨であった。

まずおもとの母親が、その後ろからおもとが男衆の浅吉に背負われて続き、一番後ろから、おむらが重いおとなの蓑《みの》と笠でついていった。

「うふふ……、おむらのかっこう、みんなキノコが化けて出たかと思ってるよ。」

おもとの母親が笑ったが、おむらもこの蓑と笠が恨めしかった。蓑は長くって、どうしても水溜《た》まりを撫《な》でる。おむらは気にして、蓑の裾《すそ》をはしょるが、そうすると笠の手が留守になって、風に煽《あお》られた。あわてて笠に手をやると、その拍子《ひょうし》に、蓑は肩から外れ、水溜まりに落ちてしまった。

「何やってんのさ、おむらってば。おくれるじゃないか。はやく来なってば。」

おもとは浅吉の背からふり返って笑った。

おむらは最初から手習いに通うのは気が進まなかった。何となく難儀なことになりそうだと思ったから。どうもその予感はますます強くなり、おむらは泣きたくなった。

寺子屋には関口家のはなれの二室で、間の襖《ふすま》を外して使っていた。教場《きょうじょう》の入り口の壁には、

「手習いは坂に車をおすがごとし。ゆだんをすると、後にもどるぞ。」

という道歌《どうか》が、お家流《いえりゅう》（書道の一派。青蓮院《しょうれんいん》流が江戸時代にいたって大衆化した）の字で書いて貼ってあった。

教場の真ん中に、四角い大きな火鉢があり炭がおこっていた。これを囲むように、ふたり掛けの天神机《てんじんづくえ》が並べてあった。これは当番の者が早く来て並べ、雑巾で拭《ふ》く。勉強が終わると、部屋の隅《すみ》に積んでおくことになっていた。

先生の藤右衛門は行灯袴《あんどんばかま》で、高座《こうざ》の大机に端然《たんぜん》と座っていた。

おもとの母親はその前に進み出、

「これはおもとの束脩《そくしゅう》（謝礼）で……。それからこっちはお仲間入りのしるしに、手習い子のみなさんに。」

と、水引きのかかった金包みと、せんべいの袋を出した。

「おむらは？」

おもとがおむらのほうを振り返ったので、おむらは赤くなった。水引きをかけたお金の包みがいるなんて、知らなかった。与左衛門は確か佐兵衛に、

「束脩はこっちで出す。」

といったのだが、おむらは知るはずがなかった。

たかだか百文《もん》ほどだったが、もし自分でそれを出さなくてはならなかったら、佐兵衛は娘を手習いには出せなかったろう。

番頭といって、一番先に入門した、つまり兄弟子の亀五郎が、まず手習い子たちの出席をとった。おもととおむらの名は、まだ帳面についていないので、これは先生が読んだ。

「おもと。」

「…………」

「おもと、いないのかな。」

　おもとはもじもじしていた。手習い子たちは少しざわざわした。おもとは母親にぴったり添い、母親の袂《たもと》をいじくっていたが、

「いる。」

と、小さな声でいい、袂の中に顔を突っこんだ。男の子たちは一斉に笑った。

「おむら。」

「はい。」

「おお、いい返事だ。おもともあすっからおむらのように、ちゃんとこたえなさい。」

「おむらはりはつ
、

、

、
もんだから……」

　おもとの母親が、衣紋《えもん》をとんと突きながらいった。けれどもおむらは、おもとの母親がきらっと一瞬、目を光らせたのを見逃がさなかった。

　その日は初午で、手習いはなかった。お赤飯、これは手習い子のひとりの家から届いたものだが、重箱から小皿に取り分けてもらい、おもとのおせんべいを食べて、終わりであった。

　次の日は手習いがあった。

　ひとりひとり先生のところに行って、お手本を書いてもらうのであった。二十五人の子どもたちのお手本だから、先生は朝ひとしきり、手本書きで終わった。銘々《めいめい》自分の席に持ち帰

り、草紙《そうし》に稽古《けいこ》をした。

ざら紙をとじた草紙は、もちろん初めは白かったが、上から上から書いていくので、たちまち黒くなった。それを乾かしては、また上に書くのであった。

べとべとになった草紙が乾くまでは待たなくてはならなかったが、子どもたちはじっと座って待つなんてことができるわけがない。

ただでさえ、勉強なんか、まるで興味のない子どもたちのことだから、すぐ飽きてしまって、いくら番頭の亀五郎が制しても聞きはしなかった。

「うるさい人たちだねえ。」

おもとは周りを見回して、かん高くいった。新入りのしかも小娘がいったので、手習い子たちはむっとしたようだ。中のひとりがたっぷりふくませた筆をわざとふり回し、おもとは墨《すみ》のはねを浴びて悲鳴をあげた。

その騒ぎの間も、先生は平然とお手本を書き続けていた。

おもととおむらの番になると、先生はふたりを呼んで、まず新しい草紙の表に、「勉励《べんれい》」と書いてくれた。それから表紙をはぐると「いろは」を書いた。

手習い子はお昼に一度家に帰り、食事をしてから、また行くのだが、家業の手伝いをさせられるのか、出てくる手習い子は半分に減っていた。

午後はよみであった。よみといっても、先生が教科書の一節を読み、手習い子はそれを口真似して、覚えていくのであった。

「年号とは。」

「年号とは。」

「年の名なり。」

「十干《かん》とは。」

「十干とは。」

「甲《きのえ》、乙《きのと》、丙《ひのえ》、丁《ひのと》、戊《つちのえ》、己《つちのと》、庚《かのえ》、辛《かのと》、任《みずのえ》、癸《みずのと》。」

「十二支《し》とは。」

「甲、乙、丙、丁、むにゃむにゃ、むにゃむにゃ……」

「十二支とは。」

「子《ね》、丑《うし》、寅《とら》、卯《う》、辰《たつ》、巳《み》、午《うま》、未《ひつじ》、申《さる》、酉《とり》、戌《いぬ》、亥《い》。」

「子、丑、寅、卯、むにゃむにゃ、むにゃむにゃ……」

これは『子宝近道《こだからちかみち》』という教科書の一節であった。正徳《しょうとく》三年（一七一三）に、江戸の西村屋で出版したもので、藤右衛門が江戸に出たときに仕入れてきたのであろう。他には、

『孝行萌草《こうこうめざしぐさ》』というのもあった。これは藤右衛門が手習い子のために、自分で書いたものであった。

よみはときどきおさらいがあり、ふたりずつ組んで、先生の前で暗唱させられた。おもととおむらはいつも一緒であった。そんなとき、おむらはつっかえながらも、何とか暗唱できたが、おもとは初めっからする気がなかった。おむらに合わせて、口をぱくぱくするだけであった。男の子だったらやり直しだったが、おもともおむらも、先生から、

「合格。」

といわれた。

おもとは内心、おむらと組んで助かったと思っていたのに、必ず文句をいった。

「おまい、つっかえてばかり。あたいがこまるんだよ。しっかりおぼえなよ。」

けれども、そんなことはおむらにとって、大したことではなかった。行き帰りの道はもちろん、教場でも、おもとはおむらを召《め》し使い扱いをした。先生が見かねて、それとなく、

「教場の中は主人も召し使いもない。みな朋輩《ほうばい》である。」

と諭《さと》しても、おもとには通じなかった。墨はすらせる。清書の間、後ろから袂を持たせる。筆を忘れたといっては、おむらに取りに帰らせる……。

そんなだから、手習い子たちも、おむらを一段下に見てしまうようだ。いじめても構わな

いと思ったらしい。

　おもとだっていじめられるのは同じだが、こっちはすぐ泣きわめくので、先生も黙っていられなくなる。与左衛門にねじこまれると面倒なので、お家《いえ》さんまでが出てきて庇《かば》うから、男の子たちも滅多なことはできなかった。

　しかしおむらなら、その心配はまったくなかった。髪の毛を引っぱる。小突《こづ》く。机の脇を通りざま、いきなりこつんとやる。帯を引っぱる……。どんなことをされても、おむらは涙を出さなかった。それがまた小面憎《こづら》くて、男の子をいらいらさせるらしい。

　おむらが寺子屋通いを嫌でたまらなくなるのも当然であった。

「もうあしたは行ってやるもんか。」

と、何度も思った。ところが朝になると、しぶしぶおもとを迎えに行かなくてはならなかった。両親はひとこともいわなかったが、おむらが勝手な真似をすれば、与左衛門に親が報復を受けそうだと、幼いながら分別《ふんべつ》していたからであった。

「きょうはなんの日かしってるかい。」

　おもとは紫の上等な着物で出てきた。

　おむらは着物に気を取られ、口が利《き》けなかった。

「おむらってばあ、きょうはなんの日だ。」

「……………」

「ばかだね。おまいは。端午《たんご》の日じゃないか。きょうはお手習いないんだよ。お師匠さんとこのお家さん、柏餅《かしわもち》つくってるんだよ。うちのおとっつぁん、ゆんべお師匠さんとこ行ったら、お家さん、そういったって。」

寺子屋では、元日、三月三日の上巳《じょうし》、五月五日の端午、七月七日の七夕《たなばた》、九月九日の重陽《ちょうよう》の五節句は師匠も手習い子も衣服を改め、安倍川《あべかわ》とか汁粉《しるこ》などをいただく習《ならわ》しになっていた。父兄がミカンやせんべいを届ければ、それもわけてもらえた。

きょうは柏餅なのか……。おむらは思わずにこっとした。その途端、

「あれ、おむら、おまいふだんのまんまじゃないか。」

「……………」

「きょうはよそ行きじゃないといけないんだよ。」

「……………」

「おまえ、帯だってやぶれてるしさ。おまい、お帰りよ。」

これにはおむらもぎょっとなった。

「お帰り、そんなかっこうで来てさ。あたいがはずかしいじゃないか。」

おむらは恨めしそうに、おもとの顔を見つめていた。ちょうど通りかかった男の子たちま

でが、面白がって、

「帰れ、帰れ。」

とはやしたり、石を投げたりした。おむらは仕方なく帰っていった。

いつもいっしょのおむらが来ず、おもとがひとりなのを見た先生はいった。

「どうした、おむらは。」

「はい、いいきものがないからこないって。」

「きものなんかどうだっていいんだ。おむらはそんなこと気にしてないと思っていたんだがね……」

先生はじいっとおもとの顔をのぞいていった。すると、おもとは赤くなってうつむいた。

「やっぱり、そんなことだったのか。」

先生は母屋《おもや》のほうに行くと、お家さんにいいつけた。

「うちの子どもの古着がなかったかね。おむらにすぐとどけてやれ。」

心のやさしいお家さんは、前まえからおむらのことも気にかけていたから、三女のお千恵《ちえ》の古着を男衆《おとこしゅう》に持って行かせた。

木綿《もめん》の縞《しま》くらいにしておけばよかったのだが、かなり派手な友禅《ゆうぜん》だったから、おもとは目を光らせた。

「おまい、それ、どうしたのさ。」

おもとはしつこくおむらを責め立てた。

おむらにとっては、辛い寺子屋であったが、「いろは」を覚えたり、

「山の高きところは峰《みね》、山と山のあいだは谷なり。」

と、口に出して暗唱しているのは快く、そのときだけは、何もかも忘れることができた。

どこまでこの娘が自覚していたかどうかわからなかったが……、暗い雲を突然払って、陽《ひ》が上《のぼ》ってくる暁《あかつき》のように、未知の世界が少しずつ見えていくことが、おむらを夢中にさせたのかもしれない。

おむらは一所懸命諳《そら》んじて、先生を喜ばせたかと思うと、急に口をつぐんで、いくら先生が促《うなが》しても、押し黙ってしまうことがあった。おもとを差しおいて、出しゃばるまい、馬鹿のまねをしよう。でないとあとでおもとに仕返しされる……ということだったのだが、先生はそこまで見抜けなかった。

「いやあ、女には惜しいくらいりはつかと思うと、まるで頑迷《がんめい》になる。名の通りむらのある娘だ。」

関口藤右衛門はすぐれた村の長《おさ》であったし、村の者にも家の者にも公平であった。ただ、

おむらの秘《ひそ》かな向学心がわからなかったように、実は同じ思い違いを、今一回していた。

藤右衛門にはふたりの息子と、三人の娘がいた。長男の享二を十二歳までは手もとで、他の手習い子たちといしょに、自分が教えた。

そして、その後江戸に留学させた。築地《つきじ》の和気柳斉《わけりゅうさい》の塾であった。柳斉は儒学者で、鈴少《れいしょう》達《たつ》、井岡桜貞《いおかおうてい》と三才子《さいし》といわれたり、〈築地聖人《せいじん》〉などと称せられたほどで、和気塾はかなりはやったらしい。門弟も千六百に及んだそうだ。

さて、藤右衛門がここに享二を入門させたのも、次代の名主としてのはくをつけさせたかったのはもちろんだが、自分の虚栄心の満足もあったと思う。弟の可吉も、二、三年後和気塾に入れた。

享二は和気塾には五年間いたが、その間の日記が現在も残っている。稚拙《ちせつ》な字ながら、「ワレオモヘラク」と、日々の感想や反省を記してあった。また詩（漢詩）が好きだったらしく、「本日作詩一首」とある。一日一首のことと、自分に課していたのかもしれない。最後には詩集を自費出版したらしく、その費用を親にもらい、本屋に頼んだ記述もあった。

さてその享二が、江戸でようやく学問の面白さがわかりかけたとき、親は享二を連れ戻した。親は、平穏な村より、刺激の多い江戸に若い息子が残りたがってると誤解したのかもしれない。去るべきか、とどまるべきかの苦悩が、短い日記の行間にもにじんでいるようだ。

たとえば、こういう記述もある。

文化《ぶんか》十五年（一八一八）五月十八日　辛申《かのとさる》　晴天、雨少シ雷二三声、今日先生予《よ》ヲヨビ仰《おおせ》ラルルニハ、昨日親父公申《もう》サルルハ、足下《そっか》ヲ医者ニ入門イタサセ、少少《しょうしょう》モ覚《おぼ》ユベキヨウタノミアグル、必ズシモ上手ニナルベキヤウ《（ヨ）》ニハナク候《そうろう》、タダ田舎《いなか》ニヒツコミテ、我身モ病ノトキ、医心《いごころ》アルトキハ格別オドロカズ、且身中《かつみうち》ノモノモ病気ナドノトキハ助ケニナルナリ、イヅ《（ズ）》レ二三年ノウチニ少々オボエ候《そうらい》テ、田舎ヘヒツコミ候ヤウ《（ヨ）》ナニブンタノミアグルト、故《ゆえ》ニワレモズイブンセワイタスベシト申《もう》ス、ソレニツイテハ、私方ニヰ《（イ）》、朝ヨリヒルマデ医者ノ方ヘカヨヒ《（イ）》申スベシ、ズイブン医ノ塾《じゅく》ヘイリテヨケレドモ、モシダウ《（ド）》ラクヲハジメルトキハムツカシキユヱ《（エ）》、私ノウチヘオキカヨハ《（ワ）》セ申スベシト申上《もうしあげ》タリ、ナンヂ《（ジ）》モイヅ《（ズ）》レコノココロエニテヰ《（イ）》ベシ、今年ハマダヨケレド、此《この》クレアタリハ是非《ぜひ》ドウナリトモ前髪ヲキツテシマフ《（ウ）》ガヨシ、ワレオモフ《（ウ）》ニ親父公ノ意ニハ、ナンデモ土地ニ医者ハナシ、第一利ノ然《ため》ニナリ、人ニタツトバレテヨシ、名主バカリヨリ大《おおい》ニ人ノモチヰ《（イ）》ヨキ也《なり》ト云々《うんぬん》、予《よ》コタヘ《（エ）》テ曰《いわ》ク、イヅ《（ズ）》レ又《また》親父来《きた》リ候《そうろう》セツ、イヅ《（ズ）》レモ究《きわ》メ申《もう》スベシト申上《もうしあげ》タリ。

また別のところには、こういうのもある。ときどき藤右衛門は先生に念を押したようだ。

親父予ヲ田舎へヒツコマセタキ由《よし》先生ニ申上《もうしあぐ》ル

ところで若先生が生麦に帰ってきて、藤右衛門の代わりに高座に座るようになると、寺子屋の様子も一変した。おもととおむらは女の子だからというので、お家さんから裁縫《さいほう》を習っていたのだが、

「女にも学問をする自由はある。」

と、享二から教場に呼び戻された。

若いだけに享二先生はすぐ怒った。あるいは学問の中途で呼び戻されたのが面白くなくて、そのぶん手習い子にあたったのかもしれない。植えこみの寒竹《かんちく》をしごいて、むちをつくったので、手習い子たちはだいぶ静かになった。しかし、それも当座だけで、慣れてくるとまたいたずらが始まった。

先生がお手本を書いている間、窓から楓《かえで》の枝に飛び移り、屋根にはいあがった子があった。先生も亀五郎も気がつかなかったが、畑にいた農夫が見つけて注進《ちゅうしん》に来たから大変であった。

その子は机を背負《しょ》わされて、家まで帰らせられた。こんなこと寺子屋はじまって以来のこ

とで、村の人たちは〈江戸仕込みの罰《ばつ》〉と噂した。

『子宝近道』とか、『孝行萌草』などは江戸帰りの享二には物足りなかったようだ。といっても四書五経《ししょごきょう》をするわけにも行かないから、差しあたり、『実語教《じつごきょう》』とか『童子教《どうしきょう》』を取りあげた。

首に縄をつけて居眠りしないようにして学問をした話とか、ホタル籠《かご》を窓に下げて勉強した話など、享二は逸話ばかりだから、子どもも興味を持つというのだが、難しい漢語で、子どもたちはどこまで理解したか疑問であった。その証拠にほとんどの子がちゃんと暗唱できなかったのだから。

ところがある日のこと、享二が浜に出て、散策していたときだ。潮風に乗って、子どもたちの声がしてきた。それが何と『実語教』の一節ではないか。

教場ではつっかえたり、とちったり、絶句したりの子どもたちが、声をそろえて唱えていた。

「山高きがゆえにたっとからず、樹《き》あるをもってたっとしとなす。」

第二句でちょっと調子を張るところは、享二先生の癖であったが、そこまでとっていたのには苦笑させられたが……。習わぬ経を読むということがあるけれど、意味はわからなくても、耳から入った言葉はそのまま子どもたちの体の中に沈んでいき、積み重なっているのであった。

それが教場で出てこないのは、目の前で先生がにらんでいるからだ。何の邪魔もない浜辺では、それがひとりでに手《た》ぐり出されてくる……。

のぞくとおむらもその中に混じっていた。むしろ男の子たちはおむらの声につられているようだ。あのおむらが……と、享二は驚いた。教場のおむらとはまるで違う。

享二も江戸に出たてのころ、塾生のひとりから、

「田舎者。」

と嘲笑されたことがあった。みなにいじめられて、じっと堪《た》えてるおむらを見ると、享二はどうしてもそれが思い出されてきて、何となくおむらがうとましかった。

けれども今のおむらはどうだ。頰をほてらせ、目を輝かせ、その顔をぐっとあげて、五句《く》四十八連《れん》を唱えているのであった。

「負けるな、おむら『これ学問のはじめ、身おわるまで忘失《ぼうしつ》することなかれ』だぞ。」

これは実語教の結びだが、おむらにというより、享二は自分にいい聞かせていた。

村の鍛《か》冶《じ》屋

鶴見村の鍛冶屋《かじや》の源兵衛は、鍬《くわ》とか鎌《かま》などの農具をつくる百姓鍛冶であった。屋号を和泉《いずみ》屋といった。

そこに江戸育ちのおさわが後妻《ごさい》としてやってきた。源兵衛は細工用の鋼玉《はがね》を仕入れに、たびたび江戸の問屋に出かけたが、そこですすめられて、おさわをもらった。もっとも、これは体裁上《ていさいじょう》源兵衛がいっていることで、本当は問屋で働いていたおさわが気に入って、連れてきたのであった。

「おまえさんも知ってなさるだろうが、鶴見っていやあ江戸のうちみてえなもんだ。東海道ぞいだから、あるいは朱《しゅ》びき（地図では江戸府内を赤い線でかこってあった）うちでも半端なとこよか江戸に近いかもしれねえよ。」

源兵衛はためらっているおさわに、一所懸命いった。

「和泉屋さんのいうとおりだ、おさわ。在郷《ざいごう》の鍛冶屋っていやあ、刀鍛冶ほどじゃねえけどよ。それでも湯かげんは秘伝だとか、火の色はおせえねえなどもったいつけて、見識のあるもんよ。在じゃおめえ、知識人だわね。」

問屋の主人は少し見当違いなことをいった。これでもすすめているつもりであった。

「こいつはここだけの話だがよ。刀鍛冶のほうはいつまでたっても貧乏神が居候《いそうろう》してるもんだ。いまは刀を買うお武家なんていやしめえ。そこいくと、野《の》鍛冶はちがわ。在の人たちは毎年、秋にはそれまで使っていた鎌や鍬を打ちなおしにもってくるか、新しいやつを買いかえらあ。そいつのできるほど工面のよくねえやつは、春、鍛冶屋から借りてって、秋、収穫すんでから豆とか麦とか、お金とかで、損料《そんりょう》つけてかえすんだ。鍛冶屋ではそいつを打ちなおして、また、春貸す。品物をねかしとくだけの力を持ってるもんだ。」

それから、またこうもいった。

「鍛冶屋っていやあ、大名にいきあっても手拭《てぬぐ》いかぶりはとらなくたっていいんだってえからな。おまえ、後添《のちぞ》えっていったって、こいつはいい縁《えん》だぜ。」

おさわのたったひとりの兄、久六《きゅうろく》は秘《ひそ》かに鶴見まで見に行った。和泉屋は東福《とうふく》寺の隣ということですぐわかった。表間口《まぐち》五間（約九メートル）、鍛冶場の奥に十畳、七畳半の座敷つきという構えであったから、これも確かに村では上の部であった。裏には相当広い庭もあった。梅の木らしい、ちゃんと手入れの行き届いた植えこみも見えた。

鍛冶屋といえば、煤《すす》けた土間に炉があり、ふいごで火を起こしながら、鉄のかたまりを真っ赤に焼いて、とんてん、とんてんと打つ、文部省唱歌の〈村のかじ屋〉を連想するだろうが、源兵衛のところもそんなものであった。

久六がのぞいて見ると、横座《よこざ》は立って仕事ができるように、長方形に掘り下げてあり、左手に炉があり、右手は鉄池《かないけ》といって、焼けた鉄をじゅんといわせる水の溜《た》めがあった。煤けた一隅《いちぐう》には、金屋神《かなやがみ》という、鍛冶屋の信仰している神様を祀《まつ》った神棚が見えた。

村うちで源兵衛の評判も、決して悪くなかった。噂を聞いて、鎌を打ってもらいに来たといって聞くと、

「たしかにいい腕だあ。なみの鍛冶屋は朝から夕方まで、荒打ち一刻《とき》（二時間）、仕上げ二刻半《ときはん》（五時間）で、鎌なら十二枚ってえのがふつうだけんど、和泉屋は二十枚打つっていうからね。」

「さいですかい。」

「とにかく和泉屋は村の衆ひとりひとりの草かり場や麦畑のようすをぜんぶ心得てるってえからね。草にあった鎌を打ってくれるだあ。」

「へえ。」

「草の質《たち》もだけんどよう。平地か山地かでも鎌は代《け》えなきゃなんねえべ。それにかたいササとかボケ藪がまじってるとか、小石が多いでもちがわ。鎌の切れ味で、仕事のはかもすすむってもんだべ。」

「そりゃそうだ。」

「和泉屋のそういう心遣《づけ》えが評判よぶだなあ。へえ、おめえさん、江戸だって？　江戸のどのへん？」

「駒込《こまごめ》だ。」

「へえ、駒込まで聞こえてるたあ、てえへんだ。」

とにかく源兵衛は村うちの付き合いもいいらしい。気位《きぐらい》が高くて、鼻つまみではないらしいのがありがたい。おまけによく聞いてみると、隣村の生麦《なまむぎ》の名主《なぬし》、藤右衛門とはいとこにあたるというのである。家柄も申し分ない。名主衆が後見《こうけん》とは……。久六はすっかりほくほくしてしまった。

「いいことづくめじゃねえか、おさわ。こいつはひょっとすると玉の輿《こし》だぜ。」

それでもおさわの不安は丸きりなくなったわけではなかった。おさわの気になるのは源兵衛の家族であった。

その家族構成であるが、鶴見の村うちでの資料はまったく見あたらない。かえって隣村生麦の名主の関口家に残る日記に、〈カヂ《ジ》ヤ源兵衛〉というのが出てくるのである。いとこだから当然といえば当然だが、これがかなり頻繁《ひんぱん》に出てくる。おさわが嫁入りしてきた前後を拾ってみよう。

文化三（一八〇六）年正月三日　晴天
源兵衛方《かた》、節振舞《せつふるまい》（年始のあいさつ）白米二升《しょう》
〃　二月二十八日　村小雨
今日鶴見カチ《（ジ）》ヤ行
〃　三月十四日　クモリ夜中大風雨
カチ《（ジ）》ヤ伯父、十三年忌　二百文《もん》
〃　四月二十七日　晴天
カチ《（ジ）》ヤオトヨ来《きた》ル
文化四（一八〇七）年正月六日　晴
ツルミ村江《（へ）》年礼、伯母へ百文トシ玉
〃　三月十四日
享二《きょうじ》（藤右衛門長男）五歳イワイ、カチ《（ジ）》ヤ源兵衛ヨリ南鐐《なんりょう》（二朱銀貨《しゅぎんか》、十六朱で一両となる）
壱片到来
〃　十月二十二日　晴ル
カチ《（ジ）》ヤ下男平兵衛《へいべえ》　手伝《てつだい》ニクル
文化七（一八一〇）年一月二十日　晴天

カチヤ《(ジ)》伯母　トシ玉百文

　文化八（一八一一）年四月十四日　晴天

ツルミカチヤ《(ジ)》江《(へ)》白味噌、鰹節《かつおぶし》壱本添《そ》エ、小児出生

　文化九（一八一二）年正月三日　クモリ

村中年札、直《ただち》ニツルミ村江《(へ)》行、ツルミカチヤ《(ジ)》百文

　〃　一月十九日

ツルミ伯母来ル

　文化十（一八一三）年二月十八日

吉日《きちじつ》ニツキオ滋《しげ》（藤右衛門長女）婚礼《こんれい》（鶴見村六郎右衛門《ろくろうえもん》にとつぐ）、カチヤ《(ジ)》オテツ、

頼女《たのみおんな》召連《めしつれ》クル

　文化十一（一八一四）年五月二十七日　晴天

ツルミカチヤ《(ジ)》伯母来《きた》ル　止宿《ししゅく》

　〃　六月二日

ツルミ鍛冶屋伯母、今日帰ル

　〃　十一月二十三日　晴天

ツルミ伯母昨夕来ル

文化十二（一八一五）年四月二十二日
鍛冶屋女房《にょうぼう》オテツ死去、葬礼《そうれい》明二十二日之《の》積《つも》リ
〃　四月二十三日　雨天
鍛冶屋へ香奠《こうでん》、南鐐壱片
〃　十月十八日　雨天
ツルミカチ《（ジ）》ヤ伯母来リ止宿致ス
〃　十月十九日
ツルミ伯母逗留《とうりゅう》
文化十三（一八一六）年十月十三日　晴天　申刻地震《さるのこくじしん》
カチ《（ジ）》ヤオ沢《さわ》、江戸ヨリ帰ル
文化十四（一八一七）年正月三日　ウスグモリ
今日村中年礼に罷出《まかりいで》候《そうろう》、直《ただち》ニツルミマデ仕舞《しまい》　カチ《（ジ）》ヤ源兵衛　筆一本
〃　八月三日　晴天
ツルミ鍛冶屋伯母、房次郎《ふさじろう》同道ニ而《（て）》留守居《るすい》ニ来ル、止宿

『関口日記』から推察すると、おさわが嫁入りしてきたのが、先妻《せんさい》のおてつの死んで、半年もたっていないときであった。

おさわも源兵衛がやもめであることは聞かされていたろうが、まさか先妻の喪《も》もまだ明けていなかったとは気づかなかった。

「兄《あに》さんたら鶴見くんだりまで調べにきたっていうのに、何聞いてたんだろうねえ。聞き落とし、見落としもいいとこ、うかつだよ。兄さんは……。」

と、おさわは悔やんだが、もう間に合わなかった。

『関口日記』には〈かちや源兵衛《じ》〉より、むしろ〈かちや伯母〉のほうがたびたび出てくる。源兵衛の母親で、おこんといった。

伯母と書く場合、父か母の姉にあたるが、たぶん関口家の長女で、頼もしい存在だったろうし、この伯母のほうでも実家を頼って、何かあると生麦へ出入りしてたらしい。

おさわにとって、一番厄介《やっかい》なのが、この姑のおこんであった。文化十二年十月十八日、十九日と、おこんは生麦へやって来ているが、このころおさわは鍛冶屋にやって来たのであろう。

おこんは江戸育ちの垢抜《あかぬ》けた嫁が気に入らなかったか、あるいはおてつが死んですぐ後妻を連れこんだ源兵衛を、「世間体《せけんてい》が悪い」と腹を立て、それを生麦へ訴えにやって来たのではないだろうか。

おまけに先妻のおてつは、おとよ（『関口日記』、文化三年四月二十七日出）という娘と、房次郎（同じく文化八年四月十四日、文化十四年八月三日出）のふたりの子を残していた。

房次郎はまだ四歳だったので、おさわだってあまり気にしなくてもよかったろうが、問題はおとよであった。弱いおてつに代わっておこんが面倒を見ていたので、どうも甘やかしすぎで、わがままになっていた。年寄りっ子は三文《もん》安いというが、まさにそれで、いっこうに小言《こごと》が効《き》かず、おこんでさえ手こずることがあった。

おとよと房次郎はおこんの袖《そで》や前掛けの端をしっかりつかんで、上目遣《づか》いにおさわをぴかりぴかり見上げるきりで、近寄って来ようとしない。おこんもひなを育てているめんどりのように、「だれが渡すもんか」と、肩ひじ張っているように見えた。

おさわはあきらめなかった。まず、この娘から手なずけようと思った。

ある日、おとよが藍染《あいぞ》めの糸、これはおこんが機織《はたお》りをするため、紺屋《こうや》から買ってくるものであったが……、それを固く巻いて、手まりをこしらえていた。いや、その糸をもつれさせて、しきりにほどいているところであった。夢中のあまり、くちびるは少し突き出し、じっと目を凝《こ》らすものだから、瞳が寄っていた。

どんな女の子でも、真剣な表情はかわいらしいものだ。

「どら、よこしてごらん。」

すると、おとよはさっと糸を後ろに隠してしまった。

「ごめんだね。」

おさわはびっくりして、出した手を引っこめるのを忘れてしまった。おとよは不器用な幼い指でなおも結び目をほどこうとするのだが、かえって糸は締まってくる。おとよは焦《じ》れて、歯をきりきり噛んだ。額《ひたい》には青い筋《すじ》までが出ていた。癇《かん》の強い質《たち》だった。

「おっかさんにかしてごらん。」

「いいってば。それにあんた、おっかさんじゃないよ。」

「そ、そうだね、あ、あたしが悪かったよ。急におっかさんなんていわれたってこまるよねえ。どら、かしてごらん。ほどいてあげる。」

「いいっていったろう。」

おとよはかん高くいうと、糸切りばさみでもつれをぱちんと切ってしまった。そして突然、目を吊りあげ、手足をびくっと引きつらせると、体を固く突っぱらせた。

おさわは声も出ないほどびっくりした。足や腰の力も抜けて立てない。はうようにして台所のおこんのところに行った。

「あわわわ……、おとよちゃんが、あわわわわ……。」

「なんだって、おとよがどうかしたのかね。」

おこんはすぐ気がついたらしく、おさわを突きのけるようにして飛んで行くと、自分のかぶっていた手拭《てぬぐ》いを丸めて、おとよに噛ませ、引きつけの沈まるまで、ぎゅっと抱いてやった。慣れたものだ。おとよの引きつけも一度や三度じゃなかったのだろう。おとよが落ち着いて、ぐったりすると、おこんは初めておさわをふり返った。

「この子をいびったんじゃないのかい。いくら継《まま》っ子だって、ひどい扱いはしないでおくれ。」

和泉屋の日常のほうも、おさわが来ようが来まいが関係ないように見えた。元気なおこんががんばって、何もかも切り回していた。だいたい仕事の割りふりも決まっているらしく、おとなたちは銘々《めいめい》黙って、自分の仕事にかかり、四半刻《はんとき》（三十分）もかからず、済ませてしまう。

鍛冶屋といっても鍛冶のほうは夏場はしないので、源兵衛も平兵衛も畑のほうに出ていく。あきれたことには、源兵衛が台所に入って炊事をすることもあった。

「そんなこと私が……」

と、あわてるおさわに、おこんはいった。

「好きでやりたいんだとさ。やらせておおきよ。でもよそ行って、しゃべるんじゃないよ。」

とはいっても源兵衛の奇癖《くせ》はとっくのとうに村じゅうに知れわたっていたのだが。

おさわは何もさせてもらえなかったし、誰も用事をいいつけてくれなかった。嫁というものは働きづめに働くものと覚悟してきたおさわにとっては、仕事がないということはむしろ責め苦であったかもしれない。

「おっかさん、私がします。」

おこんの箒《ほうき》に手を伸ばそうとしたが、おこんは、

「いいってば。」

と、体をひねった。その拍子《ひょうし》に、箒はおさわの足をしたたか払った。さすがにおこんもはっとしてふり返った。

そこには粋《いき》な姉《あね》さんかぶりと、その陰におさわのすっきりした目鼻立ちがあり、おこんは息を飲んだ。

でも次の瞬間、見るみる不機嫌になった。何がおこんを怒らせたのかと、おさわはみじめな気持ちになったが、おこんだって不機嫌になった理由が、自分でもわからなかったろう。

おさわはそれでもあきらめなかった。何かすることがあるに違いない。仕事をいいつけてもらえないのは、私の努めが足りないんだ……。

ふとおさわは薄暗い鍛冶場に気がついた。夏場はぴったり板戸《いたど》が閉めてあり、隙間からの

ぞくと、埃《はこり》がうっすら溜《た》まっていた。おさわはここを掃除しようと思いついた。とにかく何か仕事がしたかった。これだ、これだと、おさわは心が弾《はず》んだ。

まず表の板戸を開け放ち、しとみ戸の明かり取りも開け、まず神棚を、それから窓の桟《さん》から砥石《といし》の並ぶ棚へ、ふいごへとはたきをかけた。土間に水を打って、掃いていたときであった。突然源兵衛の怒鳴り声がした。

「何するだあ。ここをどこだと思ってるだ。」

びっくりしてふり返ると、入り口いっぱいに源兵衛が立ちはだかっているのが逆光で黒く見えた。おさわには何をいわれているのかわからなかった。ずかずか入ってきた源兵衛はぴしっとおさわの頬を叩き、それでも足りず、どんと胸を突いた。

「ここは女はのぞいてもいけねえ鍛冶場だぞ。おさわ、おめえ、どこさわった。まさか神棚はいじるめえな。金屋神は女がだっきれえな神さんだ。」

おさわははっと気がついた。仕事場を神聖視して、女子どもは絶対に近づけない、のぞかせない鍛冶屋がいることを、江戸の鉄問屋《てつどんや》にいたとき、聞いたことがあった。

「のぞくなといわれりゃ、よけいにのぞきたくなるのが人情ってもんだ。子どもが壁板の穴からのぞいていたらしいや。気みじかなやつはできたての鍬を金床《かなどこ》にたたきつけたっていうぜ。」

「おいらだって、そんなときは三日ほど鍛冶場をとじらあ。」

鍛冶屋同士の茶飲み話であった。おさわはそれを思い出したが、今ごろ気がついてももう遅い。おさわは立ちすくんだ。

ふと顔をあげると、入り口にはおこんと源兵衛が憎々しげにこっちをにらみつけていた。

「まあ、いいやね。まだふいごに火を入れる前でよかった。」

源兵衛は青くなっているおさわをなだめるようにいってくれたが、おこんは目をきらっとさせ、悔しそうにさけんだ。

「おめでてえよう、おとっつぁんは……。嫁にすっかり尻にしかれちまってよう。なぜ、もっとちゃんとおこんねえんだよ。だらしねえったら。」

おさわはその夜、裏山で狐《きつね》の鳴く声を初めて聞いた。続いてこんどは波の音が耳についた。私はひとりぼっちなんだ……。夜具の襟《えり》を噛んで、声を殺して泣いた。それまではどんなことがあっても泣くまいと気を張りつめていたのに……。

『関口日記』の文化十三年十月十三日に、

カチ《(ジ)》ヤオ沢、江戸ヨリ帰ル

とあるが、この後のことであろうか。堪《た》まりかねて江戸へ逃げていったおさわはなだめられて、また鶴見へ帰ったのだろう。ことさらにそこだけが『関口日記』に出ているところを見ると、藤右衛門もおさわのなだめ役を務めたのではなかろうか。

十一月八日は鍛冶屋のお祭りであった。この日は仕事場の神棚にミカンを供えた。そのミカンは風邪の薬になるというので、村の子ども衆にふるまうしきたりになっていた。

「どうして鍛冶屋のお祭りにミカンをまくのだえ。」

おとよがおこんに聞いた。

「昔からのしきたりさ。」

「だからなぜなんだよう。」

「うるさいね、この子は……」

おさわはもう少しで、

「金屋神さんが犬に追われたとき、ミカンの木にのぼって、難《なん》を逃れなすったもんだから……」

といおうとして止《や》めた。余計《よけい》な口出しをしたら、また噛みつかれるに決まっていたから。

この日はまた、源兵衛の仕事をはじめる日でもあった。鍛冶屋は冬場しか仕事をしないのは、火を相手の熱い仕事だからというわけではない。鍬でも鎌でも、刃をきつくしっかりきたえるには、冬場でなければならなかったからだ。夏は源兵衛は田や畑に出てそっちのほうが忙しかった。

さて、注連縄《しめなわ》を張られた鍛冶場では、まず平兵衛が炭を炉に浅く、平らに敷き、火をつけて、ふいごで風を送る。やがて鉄は真っ赤に焼ける。海綿《かいめん》のように泡を含んで柔らかくなる。火は色で温度を見るのだが、初め暗赤色《あんせきしょく》で、火力が強くなると橙色《だいだい》から桜色になった。真っ赤な鉄は金床の上で叩いては折り返し、叩いては折り返ししてきたえる。これを今様《いまよう》にいえば、鉄に酸素を入れて、固くしていく作業であった。折っては叩き折っては叩きすることで、酸素が平均に全体に行き渡る。

こうしてふたりは何日かこもって、村中の鎌や鍬を打つのであったが、その間は食事にも出てこない。煮炊きも源兵衛がやったし、寝泊まりも鍛冶場の隅に布団が持ちこまれた。槌《つち》を打つ音が終日聞こえ、奥の女衆《おんなしゅう》たちも、気持ちがぴんと張りつめたようで、かえって落ち着いて見えた。

おさわは自分の着物が入れてある行李《こうり》を引っぱり出した。昔着たものでもほどいて、おとよの袷《あわせ》をつくってやろうと思い立ったからであった。

開けようとして手をかけたとき、おやっと思った。きっちりきついくらいのふたが、少しずれて、心持ち浮きあがっていたのだ。誰かが開けて、中を調べたのかもしれない。姑の顔が浮かんだ。まさか……と打ち消しても、思いがけなさに背筋がぞうっとした。中もぐさぐさになっていた。はたして自分の一番大事にしていた袷の袖が片方引きちぎれていた。おさわは何とも知れぬ不気味さに危うく声をあげそうになった。

源兵衛に訴えることもできない。源兵衛は当分鍛冶場だろう。それに源兵衛だって、あまりあてにできなくなっていた。女どものいざこざに巻きこまれまいと、近ごろいい加減にあしらうようになっていた。

おさわは夢中で行李のふたをし、押入れに押しこむと、泣きながら台所口から飛び出してしまった。

どこをどう歩いたのか……。気がついたときは鶴見川の淵に立っていた。葦《あし》が土手のすぐ下から生え、川の中まで続いていた。すべて枯れ、風の中で絶えずがさがさいっていた。風は葦を鳴らすと、おさわの着物の裾《すそ》をぱたぱたさせたが、おさわは寒さも感じていなかった。

「この川を渡れば川崎、そしたらすぐ江戸。」

と思うと、さんざん泣き尽くしたと思ったのに、また目に熱いものが溢れてきた。けれどもその江戸にももう帰れない。この前のとき、兄の久六は励ますつもりだったろうか、

「二度と帰ってくんじゃねえ。」

といった。

おさわはふらふらと土手を降りようとした。

そのとき後ろで、

「どこ行くんだよう。」

という声がした。おさわは構わず、ざわざわ葦の中に入っていった。

「いったらいやだよう。」

おとよであった。犬ころのようにおさわの腰にしがみつき、必死で引き戻そうとした。おさわはおとよを引きずって、がさがさ枯れ葦をふんでいった。

「お、おっかちゃーん。」

おとよの絶叫におさわははっと立ちすくんだ。

「遊んでたら、急にとびだしてったんだもの、ついてきたんだよう。」

おさわの耳の中では、おとよの叫んだ、

「おっかちゃーん。」

がこだましていた。おさわは泣きじゃくっているおとよの肩に手をかけた。

するとふところから紫色がちらっとのぞいた。

「あれっ、これは……」

おさわの胸がまた騒いだ。引っぱりだすと、やはり自分の気に入りの袷の袖ではないか。

「これ、おばあちゃんが出したのかえ。」

「ううん、あたい……」

おとよは袖の端をにぎり締めながらいった。

「あたい、どうしてもおっかちゃんていいえなかったんだ。だから、これをおっかちゃんと思って、呼ぶけいこしてたんだ。」

「どうして呼べなかったのさ。呼んでくれればよかったのに。」

「だって、おばあちゃんが、あのしとおっかちゃんじゃないよっていったんだもの。」

このことがあってから、おさわはやっと鍛冶屋のおかみさんに落ち着くことができた。それはまた、取りも直さず村の人になったということであった。よそ者が新しい家とか村に入りこむためには、形は違え、いろんな手続きとか儀式が必要なのかもしれない。

少々後《あと》のことになるが、『関口日記』を見ていくと、こういう記事がある。

文政《ぶんせい》七（一八二四）年五月二十四日　朝細雨、終日小雨
ツルミオ滋（藤右衛門長女）、岸《きし》オ政《まさ》（岸は現在鶴見区岸町　関口一族）、カチ《（ジ）》ヤお沢三人ニ而《（て）》
箱根芦湯《あしのゆ》江《（へ）》罷越候《まかりこしそうろう》

狐の一件

ご存じ『関口日記』にこういう記述が出てくる。

　文政四（一八二一）年十二月十三日　己丑《つちのとうし》　晴ル　北風吹
　源兵衛方《げんべえかた》裏ニ病狐打臥《びょうこうちふし》候《そうろう》ニ付、手習子《てならいこ》寄合殺《よりあいころ》シ候《そうろう》

　源兵衛とは、鶴見の鍛冶《かじ》屋和泉《いずみ》屋である。その裏山で、格好の弄《もてあそ》びものを見つけた腕白《わんぱく》たちは、初めこわごわ。そのうち狐が動けないとわかると、だんだん図に乗って、石を投げたり、棒で叩いたりしているうちに、狐は死んでしまった。

　手習い子たちのこの狼藉《ろうぜき》は、師匠である関口藤右衛門《とうえもん》に、ただちに注進《ちゅうしん》がいった。和泉屋では後の祟《たた》りが恐かったので、いくぶんきつい抗議であった。

　これには藤右衛門もあわてた。医者であり文化人でもあったはずの藤右衛門でも、狐は恐かったのだろうか。ことさらに日記に書き残しているところを見ると、村としては大騒ぎだったと思う。はたして三ケ月後、恐れていたことが起こった。

文政五年三月一日　丙子《ひのえね》　晴天
南左忠癲症《みなみさちゅうてんしょう》ニ相見《あいみ》エ候《そうろう》ニ付、今日ヨリ辰砂剤《しんさざい》ニ転方遣《てんぽうつかわ》ス。川崎ニ而《て》辰砂相求《あいもと》メ候処《ところ》、両ニ付弐匁《つきにもんめ》弐分《ぶ》

〃　三月八日　癸未《みずのとひつじ》　雨天
昨日御公家衆《ごくげしゅう》御通行ニ付、左忠病気ニ付狂病カ、又狐類《またきつねるい》カ　不相知《あいしらず》候《そうろう》間《あいだ》、伝七《でんしち》ヨリ奉願《ねがいたてまつり》、御玄猪餅少々《げんいもちしょうしょう》御菓子頂戴《ちょうだい》仕《つかまつり》候、今八日、土御門陰陽頭様《つちみかどおんようのかみさま》ヨリ御守《まもり》頂戴仕候《ちょうだいつかまつりそうろう》

〃　三月九日　甲申《きのえさる》　晴天
昨夜十左衛門殿方《じゅうざえもんどのかた》江《(へ)》、信田稲荷神主《しのだいなりかんぬし》来《きた》リ左忠殿狐之由《きつねのよし》ニ、蟇目並《ひきめならび》ニ折檻《せっかん》イタシ候得共《そうらえども》相分兼候《あいわかりかねそうろう》

南というのは、生麦村《なまむぎ》の小名《しょうみょう》である。村役人の十左衛門《じゅうざえもん》の父左忠が、突然うーんとうなって、白目を出して引っくり返り、口から泡を吹いて、ぎゅっと手をにぎりしめて突っぱった。これはてんかんの症状だが、はたしてそれか、あるいは狐が取りついたものか、藤右衛門も迷ったらしい。つい三ケ月前の病狐《びょうこ》の一件があったからである。悪いことには、十左衛門

の倅《せがれ》も、狐を殺した手習い子の仲間にいたからであった。

左忠には取りあえず辰砂剤を与えた。辰砂というのは、中国湖南省辰州《こなんしょうしんしゅう》に出る朱い《あか》砂でふつうは陶器のうわ薬に使ったり、はんこを押す朱肉になる。これがてんかんの薬でもあった。そうとう高価であったらしい。

折から東海道を下ってきたお公卿《くげ》さんに頼んで、お守りをもらってやったりもした。ところが次の日、信田稲荷の神主というのが来て、やっぱり狐の祟りというので、大騒ぎになった。

さっそく十左衛門は、神奈川から拝み屋を呼んだ。痩《や》せた鶴のような老人で、たるんだ瞼《まぶた》がかぶさり、穏やかな伏目《ふしめ》に見えるが、どうかすると、きらっと異様に目を光らせた。

拝み屋は持ってきた風呂敷《ふろしき》から出した板切れを組立て、たちまち祭壇をつくった。燭台《しょくだい》も一対出して灯し、水とか茶碗とか、盛物《もりもの》など、十左衛門に指図して並べさせた。これも風呂敷から出した白い着物を着た。

弓を鳴らして……、(日記の中の蟇目というのは矢の先につけて、音を出すもの)妖魔の調伏《ちょうぶく》の祈祷《きとう》をした。

それから、拝み屋は寝ている左忠に向かって、うやうやしくお辞儀《じぎ》をした。これは左忠にというより、取りついている狐に向かってであった。

「いずれからおいでになりました。」

「………」

「ごけんぞくはなん人さまで。」

「………」

「てんぷらと赤飯はどちらがおすきで。」

「………」

「この狐め、なかなかしぶとい。」

拝み屋は返事をしない左忠を持て余した。突然、この痩せた体のどこから出たのかと思われるような大声で叫んだ。

「狐め、はやく出ろ。はやくかえれ。出ないと火責めだぞ。松葉いぶしだぞ。」

それでも左忠が返事をしないので、拝み屋はこんどは拳《こぶし》を固めて殴りはじめた。左忠はひいひいわめくし、十左衛門初め家族の者も、あまりのすさまじさに声も出なかった。

「これは狐がわめくのじゃ。そら、手足をおさえてくだされ。」

拝み屋はすくんでいる十左衛門にいいつけた。さすがに疲れるのか、拝み屋もはあはあ息を弾《はず》ませ、ちょっと殴るのを止《や》めた。

気がつくと、左忠はすんすん寝息をたてていた。

「なんだ。とりついたものがおちていた。」

拝み屋はかくんと肩を落としていった。

結局、狐かどうかもはっきりしなかったのであった。以上が日記の概要であるが、左忠はその後も四月いっぱいは寝ていたらしい。藤右衛門もしばしば見舞ったことが、日記に残っている。しかしその後どうなったのか、何も書かれていないところを見ると、治ったのではなかろうか。


これが生麦での狐騒ぎであった。一件の起こった地元の鶴見ではどうだったろうか。だいたい、狐の害といえば、一、鶏《にわとり》を捕《と》る、二、人を化かす、三、人に取りつくの三つだが、鶴見ではそれまで、一度もそんなことはなかった。

ところが文政四、五年ごろ、まず鶏が頻々《ひんぴん》とやられだした。村の者は、源兵衛の裏で殺された狐が仇《あだ》をしているんだといった。

「おらとこの背戸《せど》で狐が死んだのはおらの知らねえこった。何かっていうと和泉屋、和泉屋っていいやがる。」

源兵衛はむきになって打ち消した。

「第一、鶏の敵はなにも狐にかぎっちゃいねえ。イタチだって、カワウソだって、鶏が好物だし、卵のことを勘定《かんじょう》に入れると、蛇や烏《からす》も鶏の敵でねえか。」

「そうかね、しかしこいつはイタチやカワウソのできるこっちゃねえ。頭のある奴のしわざだ。」

鶏をやられた屋根屋の卯之吉《うのきち》はいった。

「おら、明日川崎で、〈ものはづけ〉の寄りあいの手土産にしようと、つばつけといたのをだよ。何も前の晩にさらっていくことはねえやね。この村は狐まで意地が悪いときている。」

実は卯之吉は鶴見の生まれではなかった。職人としてやって来て、屋根屋のひとり娘おたかの婿《むこ》になって、居着いてしまった。

この卯之吉の道楽が、〈ものはづけ〉であった。〈ものはづけ〉というのは、そのころ流行した遊びで、「白いものは……、青田に舞い降りたサギ」、「赤いものは……、稲荷の鳥居」というように、「ものは……」と出された題に、洒落《しゃれ》た答えをつけるのであった。

「屋根屋の婿は文字で遊べるんだと。」

「へえ、職人のくせしやがって、とんでもねえ野郎だ。」

と、村の連中はあまり良くいわなかった。

それはとにかく、〈ものはづけ〉の景品に持っていくつもりの、一番太った鶏をやられたので、卯之吉は頭に来ているのであった。

「狐だ、狐だ。あいつばかしはこのへんの人間よか頭がいい。」

卯之吉は卯之吉で、日ごろのうっぷんがつい言葉の端に出る。

「あれ、そうかね。でも村の狐はいままで一度だって悪さはしなかっただ。」

「だが、こいつは狐のやり口だ。源兵衛んとこで狐殺されてから、狐があばれてしょうねえ。」

「ふん、そんならおおかた、食いつめて村に入《へえ》りこんだよそもんの狐にちげえねえ。」

源兵衛は思わずどなった。これも売りことばに買いことばの口だが、もともと源兵衛初め村の男どもは、よそ者の卯之吉が村一番の美人のおたかをさらったのが気に入らなかったのである。

もっとも村の狐がそれまで悪さをしなかったのも本当で、村の狐の人口……、狐に人口はおかしいが……、狐の頭数《あたまかず》は人間にもわかっていた。

たとえば、村の田んぼを見渡せる、ちょっと小高い岡の中腹には、田の神様が祀《まつ》ってあった。その祠《はこら》の前に、よくちょこんと座って、じっと田んぼで働く村人を見ていたり、かと思うと、ぱっといなくなったりする狐のいることは、村の人はみな知っていた。その狐のことを〈おけんぞくさま〉と呼んでいた。田の神の使いの意味であった。この狐は、稲のできとか、天気など占なってもらうので、尊敬されており、道で出会うと、人間のほうからお辞儀をした。

いいいい、ぼてふりのドジョウ売りなんか、出会わなくても、必ず二、三匹つかみ出して、

「これはおけんぞくさまの分。」

と、石の上においておくのであった。

また屋敷稲荷にはそれぞれ専属の狐がいたし、その他にも、村外れの大きな椋《むく》の木の祠の狐、村の卵塔場《らんとうば》（墓場）の脇の陰にいる狐というふうに、棲《す》みかまでわかっていた。

村人たちはおけんぞくさまや、稲荷の狐はもちろん、そういう名のない狐たちにも、冬の寒い、餌の少ないときは野施行《のせぎょう》をしてやった。葉蘭《はらん》の上にお赤飯のにぎり飯に油揚げを添えて、巣穴の近くにおいて歩くのであった。

狐が赤飯が好きだというい伝えもあったが、本当に好きかどうかはわからなかった。というのは、赤飯のおにぎりだけつつきくずされ、飯粒やアズキが干《ひ》からびて転がっていた。それは〈狐の食いのこし〉といって、子どもに食べさせると丈夫になると、拾って行く人もいた。

つまり同じ釜の飯を食べ合うくらい、村の人間と狐は親しい付き合いだったのである。

「狐だって、仁義ってものは知ってらな。」

「そういうこった。村の狐にうらぎられるわけがねえ。」

村の連中は和泉屋の味方をして、こそこそいいあった。

鶏の被害のあと、二番目の害、狐に化かされた者が出てきた。源兵衛であった。

源兵衛は、親類の婚礼に呼ばれた。ところが源兵衛はまるで反対の方角の山の中の田んぼに入って、こぎまわっているのを、通りかかった人に見つかった。

「あれ、狸《たぬき》がタニシとってんのかと思ったら、和泉屋でねえかよ。何してるだ。」

源兵衛ははっと夢から覚めたような顔で立ちあがったが、足が滑ったのか、祝い酒の飲みすぎで腰がくだけているのか、ぴっちゃーんと泥をはねかして、また転がった。

田んぼはちょうど田植えが終わったばかりで、星明かりに透《す》かしても、相当広くめちゃめちゃになっているのであった。

やっと引っぱりあげられた源兵衛は、

「婚礼がお開きになった後、すすめられて風呂に入ったんだが……」

というのであった。

「とにかく豪儀《ごうぎ》な岩風呂ふうにつくった湯殿《ゆどの》でよう、いいあんばいの湯かげんで……、思わずおらあ得意の追分《おいわけ》うなっちまったださあ。」

「何いってるだ、和泉屋の、まだ正気もどんねえのけ。おめえさん、だまされただな。」

本当にこれは狐のせいだったのだろうか。祝い酒に酔って、田んぼに転がりこみ、あがれなくなった源兵衛が、体裁《ていさい》悪いもので狐のせいにしたのかもしれないではないか。

「ああ、化かされた、化かされた。よそものの狐は油断がなんねえ。みなの衆《しゅう》も気いつけたがいいだぞ。」

源兵衛はいつまでもいっていた。もちろん卯之吉へのあてこすりであった。

さて次はまた屋根屋の番であった。どうも狐騒ぎは少しあくどくなってきた。

卯之吉のところには赤ん坊がいたが、その守《もり》をしてくれている十一の女の子が、ふいっといなくなってしまった。おたかが少しばかりの畑にできた菜っ葉を抜いて戻ってくると、赤ん坊は縁側に下ろされたまんま、手足をばたばたさせていた。おしめでも取り替えようとして下ろしたところを、守っ子は外から呼び出されたという感じであった。

「まあ、だまってどこにいったんだろ。」

ところが守っ子は、夜になっても帰ってこなかった。

「神かくしだ。さらわれたにちげえねえ。」

そこで大騒ぎになり、松明《たいまつ》、提灯《ちょうちん》で八方手わけして探したが、とうとうわからなかった。

何日かたってからであった。いなくなった守っ子が、屋根屋の縁の下から、泥だらけになってはい出してきたではないか。

介抱《かいほう》して聞いてみると、よその子どもの守をさせられていたといった。

「まあ、どこの子の守をさせられてたのさ。」

おたかが聞いたが、どうもいうことが変で要領を得なかった。

「こいつは……、もしかしんとこいつは、どこかの穴にひきずりこまれて、キツネの子の守をしてたんじゃねえのかね。」

卯之吉がいった。

「まあ、きびわりい……」

おたかは青くなった。

「どこか狐穴で子どもが生まれてるはずだ。そいつがうちの守っ子をさらったにちげえねえ。」

卯之吉は集まって来た近所の衆にいった。

「いいか、日がかげったら娘は外に出すんじゃねえ。夕方がいちばん危ないぞ。逢魔《おうま》が時《とき》というくれえだ。」

「…………」

「おめえらは村の狐を信用してっかしんねえけんど、狐は狐だ。用心するにこしたことはねえべ。」

守っ子は親元に帰されたが、だいぶ長いことぶらぶら病《やまい》で、寝たり起きたりだったということだ。

ところで二、三日たってから、卯之吉は狐の化けるところを見たといい出した。

「よそのじゃねえ、村の狐が化けただ。」

卯之吉は源兵衛が聞いているのを確かめてわざと大声でいった。

「卯塔場からまっすぐ川に出る道があるじゃねえか。おら、そこをぶらっと来たときよ。柳の下にだれかいやがる。はじめ、子どもが釣りでもしてんのかと思ったら、どうもようすがちがう。川明かりにすかしてみると、狐だ。柳の葉をむしって、ちょいちょいちょい……。こういうぐあいに水にぬらして、額《ひたい》にぺちゃっとはりつけたと思いねえ。むすめに化けやがった。」

「大川の柳っていうと、うん、たしかに卯塔場から出たとこだ。するてえとやっぱしほんとうかねえ。」

村の人たちはこそこそいいあった。

「おめえ、めったなこといっちゃなんねえ。狐に聞かれてみろ。仇をされるべ。」

「おめえはどう思う、和泉屋の……」

「ふん、あいつのいうことなんかあてになっか。夢見たにきまってら。あいつひとり、見た、見たって騒いでるだけじゃないか。」

ところが、

「おらも狐見た。」

という者が出てきた。百姓与平《よへい》の倅《せがれ》、与蔵《よぞう》であった。

「卵塔場《らんとうば》のわきで、狐がぴょんぴょんはねてた。ありゃ、化けられねえでじれてんだと思った。」

「どんな狐だった?」

「尾が白かった。」

「そいつは卵塔場の横穴の狐だ。あそこのは尾の裏っかわに白い毛がある。」

「ほうら、見ねえな。いままでの悪さもそいつのしわざだ。」

卯之吉はちらっと源兵衛のほうをうかがいながらいった。

「みなの衆、あの穴は埋めちまうべ。」

薄気味《うすきみ》悪くなった村の人たちは賛成した。しかし中に狐がいたら気の毒である。というより祟りが恐ろしかったので、揚《あ》げを供えて、その日はいったん帰った。

そして次の日、穴の前に枯れ葉をかき集め上に杉の枝を乗せて、煙を穴に扇《あお》ぎこんだ。けれども、狐は出てこなかった。

「おおかた、きんの、おらたちが埋める埋めるっていいったんでよう、そいつを聞いちまったんだべ。りこうな奴だかんなあ。」

そこで穴の入り口をふさいでしまった。

その夜、そこから一番近い与平のうちでは夜《よ》っぴて、狐の鳴く声がしたそうだが、そののち、尾の白い狐を見た者はなかった。

ところで、鶴見村の狐騒ぎは、卯之吉と源兵衛が交互にいい立てるだけで、村の人も嘘か本当かわかりかねた。

「まゆにつばつけろや。」

「狐のせいにして、やりあってるだあ。」

と、呑気《のんき》に見物していられた。しかし卯之吉の尻馬《しりうま》に乗って巣穴を埋めたことは、ちょっと後味《あとあじ》が悪かった。

「あの狐はどこにいったべや。」

村の者は狐除《よ》けのまじないを拝み屋に書いてもらい、戸口に貼りつけておいた。〈犬〉という字であった。

さて鶴見の狐騒ぎも、生麦の左忠の狐落としも少し忘れかけたころ、鶴見の茶屋〈見晴らし屋〉に、人品卑《じんぴんいや》しからぬお武家が来て、酒を注文した。

「表の腰掛《こしかけ》では落ち着かぬ。座敷を借せ。」

「へえ、へえ、どうかお通りくだせえ。肴《さかな》は何にいたしますべえ。できるもんといったら、イモの煮ころがしくれえだが……」

「それもいいが、てんぷらをつくってほしい。」

そして、急に声を落とし、

「それがしは狐じゃ。好物はてんぷらじゃ」

と、いった。

よくあの人は狐みたいだというくせに、逆に人間が、

「私は狐だ。」

といっても信じられるだろうか。ところがつい先ごろの狐の一件の後だけに、見晴らし屋はぎょっとなった。

「さては、あの狐が……」

さっそく山のようにてんぷらをこしらえて出した。武家は飲んだり食べたりして出て行ったが、そのあと座敷を片づけていると、座布団の下から大金の入った財布が出てきた。

「やっぱりお狐さまだった。たたるどころか福をおいていってくださった。」

と大騒ぎになった。

財布を忘れたことに気がついた武家は、あわてふためいて取りに戻ったが、

「ほーら、また福の神のご到来だ。さあどうかまたお座敷へ。ただいまは過分に福をおさずけくださりありがたいことで。これは家の宝として子々孫々に伝えます。」

といわれると、返せとはいえなくなり、武家はしおしお出ていったということだ。

これが例の狐とすると、どうもますます収まりの悪い結末のような気がする。狐の祟りを云々《うんぬん》するどころか、質《たち》の悪いのは人間のほうが上ではないか。私は狐に同情したくなった。

馬《うま》宿《やど》の娘

馬宿《うまやど》、甲州屋六兵衛《こうしゅうやろくべえ》の娘おせいは、着いたばかりの馬を川原に連れ出して、洗ってやった。ほてった馬の背にかけた水は、玉になって弾《はじ》け、馬の汗の匂いがした。

「どうだったい、こんどの道中は。」

馬にとって、埃《ほこり》や汗を流してもらうより、おせいのこのねぎらいの言葉でこそ疲れが取れるようであった。

おせいが川の中の石に乗り、背伸びしてこすってやると、濡れた馬の肌から、ほわっと湯気があがった。その湯気は川面《かわも》からあがる夕霧に巻きこまれて、低く葦《あし》の中をはっていった。

鶴見川の天王河岸《てんのうがし》から鯉《こい》が淵《ふち》にかけての夕映《ば》えは、誰でもが千両だという。〈鶴見八景〉にもあげられているほどであったが、今はその茜《あかね》色も冷めていって、霧の中の馬と娘だけが影絵になって見えるきりであった。もっとも、そのほうが月並な八景より味わいがあった。

馬を洗ってやるのは、本来、男衆《おとこしゅう》の仕事であった。甲州屋にはふたりの男衆がいたが、どうしても荷の揚げ下ろしとか、馬方《うまかた》の世話のほうが先だから、馬は後回しになった。気がついたときには、もうとっぷり日も暮れてしまっていて、馬も川原に連れ出されるのを恐がったし、男衆もつい手抜きをして、桶《おけ》に水をくんできて、簡単に拭《ふ》いて、ごまかしてしまうのであった。いつも大概《たいがい》そうなるに決まっていたから、おせいは荷下ろしを待っていて、馬を連れ出してくるのであった。

おせいは自分があんまり器量も良くないし、大柄でごついことを、よく承知していた。三つ違いの妹のおなみが、これまた、本当に同じ姉妹なのかと思うくらい、色白で、きゃしゃで、垢抜《あかぬ》けていたし、誰にでも気やすく話しかけ、愛嬌《あいきょう》はあったしで、おせいとはまるで逆であった。

おせいは引け目から、つい口重《くちおも》になり、馬方のあしらいのほうもどうも苦手だった。だから その分、気働きで補おうとでもするかのように、男衆といっしょになって、裏のほうで体を動かしていた。

動き回っている間の、何の雑念もない心の張りは気持ちがよかった。嫌なことがあっても、くるくる働いたり、馬を相手にしていると、気が晴れたのであった。

そして馬方が出払うか、奥に引っこんで酒盛《さかも》りにでもなって、誰もいなくなると、帳場《ちょうば》に入って、帳づけをやった。

おせいは勘定もできたし、帳面づけだって見よう見真似で、いつの間にか飲みこんでいた。もっとも甲州屋あたりの馬宿の帳づけにしろ、銭勘定《ぜにかんじょう》にしろ、そんなものがあることからしておかしいくらい、大まかなものであったが……。

六兵衛というのは、甲州屋の屋号のとおり甲州（いまの山梨県）の出で、若いころ馬一頭持って宿場で人足《にんそく》をしていた。大概の人足は博打《ばくち》なんかでだめになってしまうところ、六兵衛は金を溜《た》めて馬宿の株を買った。

そこまでは良かったが、馬宿のやりかたも馬方並みの大雑把《おおざっぱ》なもので、帳面なんかあっても本人はのぞいたこともない。それをおせいがやり出した。

「あんまし店のことに手をだすな。女ってもんは台所にすっこんでりゃいいんだ。」

六兵衛は口ではいうくせに、つい便利に使っていた。だから世間一般から見たら、おせいの年令は、嫁入りの話が起こっても、決して早過ぎはしなかったのだが、六兵衛もほっかむりしていたところもある。

「おせいさん、荷のうけわたし証、帳場においときやした。見といておくんなせえ。」

男衆がおせいを探しに来ていった。

「あれ、おとっつぁんはどうしたのさ。おとっつあんが見てくんなきゃ。」

「へえ、おせいさんに聞けって。」

「これだよ、おとっつぁんってひとは。」

一瞬、おせいの顔がゆがんだ。でも、すぐあきらめたように、肩をすくめた。

鶴見村には旅籠屋《はたご》は一軒もなかった。宿場を繁栄させるのが幕府の方針だったからである。しかし馬を休ませたり、馬方を泊めたりする馬宿はあちこちにあった。

鶴見村にも、その馬宿は二軒あった。甲州屋と、もう一軒は定八《さだはち》のところで、屋号を腰越《こしごえ》屋といった。甲州屋のほうは甲州からやって来るブドウやたばこの馬を泊め、腰越屋のほうは小田原辺で獲《と》れる魚の荷をつけた馬に決まっていた。

鶴見の人たちが、初夏が来たとわかるのは腰越屋に初鰹《がつお》の馬が着くことによってであった。小田原沖の鰹は、半分は船で、あと半分は早馬《はやうま》で江戸に行った。

おせいのところが賑《にぎ》わうのは、何といっても秋口で、ブドウの季節であった。ブドウは傷《いた》みが早いから、夜を日に継いで、せっせと運ばなくてはならなかった。それでも甲州を出て、江戸に着くまでは三日かかった。だから行き道で泊まることはなかったが、土間に籠《かご》を下ろして、馬を休ませることはあった。

そんなとき、甘い芳香は街道まで流れた。

「これでやっと鶴見にも秋が来た。」

と、村の人たちは季節の景物《けいぶつ》にしていた。

竹で編んだ籠は、だいたい一貫《かん》二百匁《め》（約四・五キログラム）のブドウが詰まり、それを四籠ひとくくりとして、二つ合わせて、馬の片側につける。つまり、一頭の馬が左右に八籠ずつ、およそ二十貫（約七十五キログラム）を積むわけで、これを一駄《だ》といった。ブドウ荷《に》のときは、それが何頭も何頭も列をつくってしゃんしゃん鈴を鳴らしながら、いくぶん早足で道中した。その分帰りはゆっくりで、甲州屋に泊まるのも、戻り馬のときであった。

おせいはいつもの通り、馬の行水《ぎょうずい》をしてやり、飼葉《かいば》をやった。ブドウ馬のときは、飼葉も多めであった。荷主も馬方もたっぷり収入があったので、泊まり賃やら祝儀《しゅうぎ》やらを弾《はず》んでくれるからであった。

「おまい、足のほてりは治ったかね。おまい来るとき、すこし右をひきずっていたけんど、石につまずいたのかい。蹄鉄《ていてつ》でもゆるんでるんじゃないかい、見してごらんよ。まあひと晩休めばなおるよ。膝《ひざ》をお湯であっためてやろうか。」

馬は長い首を廻《まわ》して、おせいの肩に温かい息を吹きかけた。甘ったれているところだ。

「そうか、よしよし、あんぽう（湿布《しっぷ》）してやるよ。それに、あしたは鶴見一の草、つゆっぽいやつを食べさせてやるよ。それで元気が出るからさ。」

そのとき、おせいの後ろに人の気配がした。

「吾助《ごすけ》かい、何か用？」

おせいは男衆かと思った。でも返事がなかった。おせいがふり返ってみると、何とブドウの荷主であった。いつもやって来る商人《あきんど》は要吉《ようきち》という五十がらみの男だったが今年は持病《じびょう》が出たとかで、若いのが代わりに来ていた。

要吉は、来ればいつも何日か泊まっていった。六兵衛も釣り舟を雇ったりして、一日沖で遊べるもんで、要吉が来るのを心待ちにしていたのだ。それが今年は若いのが来たというので、六兵衛は内心がっかりしていた。

「あのう、何か用ですか。」

おせいは聞いた。荷主も馬方もとっくに囲炉裏端《いろりばた》にいって、酒が回っているころだと思ったのに……。

「あんたがおせいさんかね。あんたのことは要吉とっつぁんにきいたよ。馬方たちもいつも噂しているよ。馬の世話がいいなんてね。」

「…………」

どうせ馬方たちは、「甲州屋の男おんな」と、笑っているんだ。そうに決まってる。

ついこの間だって、おせいは馬方が男衆にあれこれうるさくいっていたので、つい飛び出していって、馬方にむしゃぶりついてしまった。

「気に入らなかったら、宿をかえてくれてもいいんだよ。出てっておくれ。」

いつもは口の重い、滅多にものをいわないおせいが、頬をほてらせて力《りき》むので、さすがの馬方もびっくりしたらしかった。

「なに、べつにどうってことじゃねえよう。おせいちゃん。」

と、荒い馬方のほうが引き下がった。もっとも、向こうに行きざま、聞こえよがしに、

「へん、金時娘《きんときむすめ》が……」とか、「甲州屋の男おんなめ」といっていた。

この若い旦那が聞いたというのは、そのときのあたいの啖呵《たんか》だろうか。おせいは馬小屋が暗くて良かったと思った。それでも顔が向けられない。飼葉桶を直すふりをして、わざと立ちあがらなかった。

「これ、江戸のみやげだ。江戸ではやってるもんだ。髪にさしておきな。」

若者は小さな紙包みを、おせいの手ににぎらせると、囲炉裏端のほうに帰っていった。

おせいがそっと台所に入り、誰もいないのを確かめてから、開けてみたら、柘植《つげ》の櫛《くし》が入っていた。そのころ江戸ではやっていたお六櫛《ろくぐし》であった。

おせいは櫛を灯《ひ》に透《す》かしてみた。椋《むく》の葉で磨き、椿油《つばきあぶら》にたっぷり浸《ひた》した櫛は、飴《あめ》色の艶《つや》があった。

たかだが十九文《もん》かそこいらの安櫛だったが、おせいにはそうは思えなかった。第一、人からものをもらったことなんて、今まであったろうか。親からだってなかった。まして娘の使う櫛……、それも今江戸ではやっているという櫛なんて……。おせいは体の中にぽっと灯が

ともったようだと思った。と同時に、それまで意地で突っ張っていた芯張《しんば》りが、がたっと外れた。

おせいは暗い土間に回って、中をうかがってみた。行灯《あんどん》の灯を斜めに受けてブドウ商人《あきんど》の横顔が見えた。陽焼《ひや》けしているけれど、彫《ほ》りの深い目鼻立ちであった。二十三、四だろうか。甲州屋にいる男衆の吾助より年上、松蔵より年がいっていないと見当《けんとう》をつけて、おせいが推量した年令《とし》であった。

「本来、甲州のブドウは笹子峠《ささごとうげ》をこえて、甲州道中（街道）で江戸に出てたんだべ。」

六兵衛が聞いた。

「そうです。ブドウ荷のほとんどはそっちですがね、ブドウ荷をあつかうと稼ぎになるもんで、甲州道中の宿場は何がなんでもそっちを通らせようとしたんですよ。稼ぎ馬が宿を素通りしたのを、よその馬方に見つかって、荷主はわび状をとられたりしやした。〈ぶどう荷は、今後一切《いっさい》回送いたすまじく候《そうろう》〉ってね。ブドウはなまものでやしてねえ。宿場でいちいちつぎかえされたんでは、あきんどにとっては生き死にの問題で……。大名の行列にでも出あっちまえば、そっちが先ってんですからね。」

「なるほど。」

「その点東海道の宿場はブドウにはあまいからねえ。つい甲州道中のほうはよけて、こっちとなるんで……。」

「でもよ、江戸へはだいぶ回り道じゃねえのかね。」

「何、近いくれえです。富士川をくだりやすから。馬でたっぷり二日のところを、舟だとあっというまだ。もともとこの舟は塩を積んで甲州へのぼる舟で、その帰り、こんどは米を積んで、清水《しみず》に出て、そこから千石船《せんごくぶね》で江戸におくるんですがね。米積まないときにはつかわしてもらえる。くだりはあっというまでものぼりとなると……、まして塩の十五石《こく》も積んでて見なせえ。帆《ほ》をはってね、風のないときにゃ、船頭が四人、綱をつけてはうようにして引っぱりあげやす。四日から七日はかかりますね。」

「ふーん、十五石か。そんなにでけえ舟じゃねえな。」

「高瀬舟《たかせぶね》です。長さ五間（約九メートル）、幅七尺（約二メートル）。ふたり乗りだから笹舟《ささぶね》みてえなもんだ。がりがりって岩をすっても大丈夫なように、底は平らになっています。」

「それでくだるんじゃ、馬より能率はいいな。」

「へえ、陸路では、しょっちゅう荷の積みかえ、積みかえで、手がかかっていらいらいたしやす。荷だって、陸《おか》なら一頭ずつ荷分《にわ》けにするとこ、いっぺんでがしょう。」

「そうだな。」

「そのかわり、冨士川くだりはいのちがけでやすよ。ことに天神ケ滝《てんじんがたき》、屏風岩《びょうぶいわ》、銚子口《ちょうしぐち》といった悪場《わるば》は馴《な》れてる船頭だって、こわがりまさあ。冨士川は荒川でね、ひと雨すると、砂のほうや岩の位置がかわるんでね。しょっちゅう水路もかわる。板子《いたご》一枚下は地獄だからね。どうも気の荒いこと、馬方以上だ。」

「あーら、一度、そんな舟に乗ってみたい。」

「おっ、おなみちゃん、いってくれるじゃねえですか。こいつはおもしれえ。声立てずにすわっていられたら、水晶のかんざしを進上《しんじょう》すらあ。」

「ほんとう?」

「ほんとうともさ。まったく一度乗してやりてえな。あの景色はほかじゃ見られねえ。絶品だぜ。」

「連れてって、連れってって。」

おなみの声は浮きうきはしゃいでいた。こっちからはちょうど陰になって見えなかったが、光る目でじっと相手を見つめるおなみの様子は想像できた。おなみは自分がどういうふりをしたら、かわいく見えるかをちゃんと心得ていたのである。

「おっ、酒がねえぞ。おなみ、酒をもってきなよ。」

「いやっ。おとっつぁんてば。あたいは川の話を聞いてるんじゃないか。ねえちゃんにいいつけなよ。」

「しょうがねえやつだ。」

おとっつぁんは空《から》の徳利《とっくり》をもって、台所に立とうとしたが、すでにしたたか飲んでいて、よろよろして立てなかった。

「おせい、おせい、おせいはいるか。酒だ。酒だ。酒をつけてくんな。」

おせいはそろり、そろり、後ろ向きに土間を出てから、「あいよ」と答えた。

徳利を銅壺《どうこ》にこぽんと沈めながら、おせいはつくづく思った。あたいもおなみのように、気軽く話せたらなあ。あーら、あたいも一度そんな舟に乗ってみたい……か、あたいだって乗ってみたいよ。

「はい、お酒、おなみちゃん、たのんだよ。」

障子《しょうじ》の外に徳利をおくと、おせいは声をかけた。本当はブドウ商人《あきんど》にお酒を差して、櫛のお礼をいわなくちゃと思ったのだが、いざとなると、やはり気後《おく》れして、入って行けなかった。

「ここまで持ってきてよ、ねえちゃん。はいっておいでってば。甲州の旦那の話、おもしろいからさ。」

おなみが、

「いやーね、はずかしがりなんだから、いい年して。」
と、立ってきたとき、もうおせいはそこにはいなかった。

甲州屋の朝は早い。馬方は大概、明け方に出発するからだ。その前に馬にちゃんと飼葉をやって、荷をつけておかなくてはならなかった。

ブドウ馬はその朝、別に急ぐ出発というわけではなかったが、甲州屋では習慣通り早起きした。男衆のひとり吾助が、飼葉桶を持って、馬を土間から連れ出した。するともうひとり松蔵が土間を掃除した。まず汚ないものをちりとりで掬《すく》い取る。これは梨をつくっている家から、肥《こえ》にするために取りにくるので溜めてある。それから藁《わら》くずを掃き出した。これも堆肥《たいひ》になった。

その後を、こんどはおせいが、馬の臭《にお》いのなくなるまで、それこそ柱からませ棒、はめ板まで雑巾をかけた。

ふとブドウ商人《あきんど》の起き出してくる気配がした。おせいは夕べの櫛の礼をいわなくちゃと思ったが、やはりいざとなると恥ずかしかった。それに旦那の後ろから、おなみがついてきたので、とっさにはめ板の陰にしゃがみこんでしまった。自分ながら、どういうつもりでこんなところに隠れたりしたのかわからなかったが……。

「あれ、おせいさんは？　今ここではたらいていたよねえ。」

「ねえちゃんになんの用があったのさ。新吉《しんきち》さん。」

新吉さんだって？　おなみはいつのまにこの人の名前まで聞き出したんだろうか。まったくおなみにはかないっこないと、おせいは苦笑してしまった。

「ねえ、あたいを甲州へ連れてっておくれよう。ゆんべ新吉さん、いったじゃないか。おらんとこは風通しのいい岡の上だって。その後ろがずっとブドウ棚だって。あたいはブドウのなっているところが見たいんだ。あんたゆんべ、月のしずくみたいだって、自慢してたじゃないか。」

「酒に酔ってたからな。」

ブドウ商人《あきんど》は首筋を叩いて、頭をふった。まだ少し酒の気が残っているふうであった。

「ねえ、連れてっておくれよう。」

「何度もいったろう。こんどはだめだよ。来年の秋、ブドウを納めに、またここを通るからよ。そのとき来てみて、おなみちゃんがまだ甲州に行ってみたかったら、連れてってやる。」

「来年？」

おなみは不服そうに口をとがらした。

「ああ、来年だ。きっとむかえにくる。そのときはおせいちゃんとおなみちゃんを甲州へ連れてってやる。」

「えっ、ねえちゃんも？　ねえちゃんは行きたいなんていってやしないじゃないか。」

おなみは体を揺すって、

「ねえ、ねえ、連れてっておくれよう。」

といったが、ブドウ商人《あきんど》は取り合わなかった。それとなく何かを探すように見回していた。

けれどもおせいは頑固にじっとしていた。商人《あきんど》があきらめて立ち去るまで――。

「ねえ、新吉さん。」

「新吉さんはよしてくれ。」

「なぜよ。」

「くすぐったくてかなわねえ。」

「ねえ、きかせてよ。あんた、何かほかのこと考えているね。」

「別に。」

「うそ。女はね、一つことしか考えられない。あんたにもあたいのことだけしか考えないでほしい。」

「強引だね。」

ブドウ商人《あきんど》は、おなみをほんの子どもだとあしらっていた。そのおなみが、自分のことを「女は……」などといい出すので、おかしくなった。

おせいはひと仕事終わると、周りを確かめ、ふところから櫛を取り出した。陽に透かしたり、ぴんと指で櫛の歯を弾《はじ》いたりしてから、髪のほつれをかきあげた。そして前髪の根に差してみた。

本来お六櫛というのは差し櫛であった。木曽のお六という娘が、御岳《おんたけ》さんのお告げで櫛をつくり、旅人に売ったのがはじまりであった。

おせいは人前で櫛を差したことなんかなかった。不器量娘が櫛を差して……と笑われそうな気がしたし、第一、この櫛は人目にさらしたくなかった。大事な櫛であった。この櫛だけが、ブドウ商人《あきんど》の新吉をつなぐよすがと思うと、浮きうき心が弾んでくる。

おせいにわずかな変化が見られた。誰も気がつかなかったほどの……。ただ、今まで男衆だろうと、馬方だろうと、平気で突っかかっていくおせいが、言葉つきもふる舞いも、どこか穏やかになって、男衆が「おやっ」という顔をしたことがあった。その顔を見ておせいははっとわれに帰り、浮きうきしてくる自分を引き締めた。

ところがある日、おせいが何気なく裏に出ていくと、そこにおなみが立っていて、あわてて何かを袂《たもと》に隠した。おせいは気がつかないふりをして、そのまま行き過ぎたが、だいぶたって、突然どきんとした。あのとき、おなみはいくらか上気《じょうき》して、まるで花が咲いていたような顔をしていた。あれは夕日のせいばかりではない。何を隠したんだろう。もしかすると……。

今まで思ってもみなかった疑いが、おせいの心に浮かんだ。まさか、そんなはずあるもんか。あわてて打ち消そうとしたけれど、一度浮かんだ疑いは、払っても払っても、しつこくおせいを苦しめた。

おせいはおなみから目がはなせなくなった。隠れてうかがっていたり、見ないふりしてそっと横目で見張っていたり……。おせいはそんな自分が嫌だったが、どうしようもなかった。

おせいの疑いは当たった。

ある夕方、おなみが出て行った後、押入れの布団の間から、おなみの隠した小さな紙包みを見つけてしまった。

それは何と、新吉からおせいがもらったと同じく、櫛の紙包みであった。黒い木版《もくはん》刷りの、〈お六櫛〉の字や、由来《ゆらい》書きがついていた。震える手で開けてみると、おせいのとまったく同じ、飴色の柘植の櫛であった。

おせいは息が詰まりそうになった。誰にもらったのか――、そんなこと、おなみに問いただすまでもない。新吉は自分に櫛をくれたときと同じように、そっと後ろに回って、さも秘密らしく、手渡したのだろうか。

おせいはかっとなったが、次の瞬間、みるみる青ざめていった。あの開けっ広げのおなみが、この櫛だけは隠していたなんて……。おなみが相手では勝ち目がない。別にあの人から何かいわれて、約束したわけじゃなし、苦情をいうわけにもいかないと、おせいはしょげた。

「おなみもおなみさね。はじめっからもらったといっといてくれたら、あたいはあきらめたんだよ。でも……、やっぱりあの人はわたしたくない……」

たった一つの救いといえば、来年のブドウの季節までは、たっぷり一年はあるということだと、おせいは思った。

おなみは飽《あ》きっぽいし、姿のない人のことなんか忘れてしまうかもしれない。村の誰かれにちやほやされてるおなみだもの。気持ちを変えるかもしれない。花から花へ、ひらひら飛び回るチョウみたいなおなみを思い出した。今まで、いつもそうだったじゃないか。おせいはそれが頼りであった。われながら情けない話であったが……。

いつか冬になり、その冬も去って春になった。突然、甲州から便りがあった。要吉が死んだというのであった。

「こりゃ、くやみにいかなくちゃなんねえな。あのおやじさんは、毎年荷についてきちゃ、うちに逗留《とうりゅう》したもんな。若いのが今年来たのは、おやじさん具合が悪かったんだ。この冬はここでもきびしかったから、山ん中じゃ病人にはこたえたんだな。どうしたもんだろう。おせい。」

「いっておくれよ、おとっつぁん。うちで何かありゃ、あの旦那はわざわざ甲州から出て来てくれたじゃないか。」

「そうだな。うちはおせいがいてくれるしな。」

「いいよ、やるよ、あたい。」

おせいが甲斐甲斐《かいがい》しく父親の旅仕度《たびじたく》をはじめたときだ。

「おとっつぁん、あたいもいく。つれてっておくれ。」

おなみがいい出したので、みんな驚いた。

「何いいやがる。物見遊山《ものみゆさん》たあちがうんだ。」

いくらいっても、おなみは行きたい、行きたい、連れてっておくれとがんばった。おなみに弱い六兵衛はぶつぶついいながらも、とうとう連れて行くことにした。

行きに四日、帰りが四日、向こうで二、三日といって出て行ったのに、ふたりはなかなか帰ってこなかった。そして一ケ月もしてから、六兵衛だけひとりで帰ってきた。

「あれ、おなみは？」

おせいは戸口をのぞいてみた。おなみはときどきそういういたずらをしたから。

「あいつはなあ、むこうに残るってがんばるんだ。ほら、秋に若いのが来たろう。新吉ってやつさ。あいつの嫁になるといいやがる。」

「……………」

「新吉ってのは、要吉のあととりかと思ったけどよ。ちがうんだ。番頭だったよ。おなみはそれでもいいんだってきかねえ。」

六兵衛は困った、困った、あの馬鹿、押さえようがねえ……といったが、口ほどでもなかったようだ。

「まあ大商人《あきんど》のあととりっていうんじゃこちとら、とてもつきあいきれねえ。そこの番頭ってとこが相応《そうおう》かもしんねえ。」

「そりゃよかったよ、おとっつぁん。大きなところは所帯も大きいよ。よそのもんがそんなとこはいっちゃたいへんだ。おなみが苦労するだけだよ。」

「そうさなあ。」

「それにあのおむこさん、やさしい人だしさ。」

おせいは最初馬小屋の前で櫛を渡してくれたときのやさしい言葉つきを思い出していた。

「おなみちゃん、しあわせになれるよ。」

そういいながら、おせいは思わず涙をこぼした。六兵衛はびっくりした。おせいの涙を初めて見たからであった。

「おせいもやっぱ女だ。妹思いだぜ。おなみがけえってこねえんで泣きやがるとはよう。」

子づれ雲《くも》助《すけ》

おたまは街道筋《すじ》の茶屋「しがらき」の子守《こもり》っ子であった。本当の名はかよというのであったが、しがらきでは奉公人の名は別につける習わしであった。昔は「親のつけた名を、他人がよびすてにはできない」という家が多かったようだ。

初めのうちは、「たま、たまっ」と呼ばれても、他人のことのような気がして、ぼんやりしていて叱られた。

「前のおたまは気が利《き》いたのに……」とか、「もう先《せん》のは、器量がよかったねえ」などいわれることもあり、見たこともない先代のおたまに焼き餅をやいたり、恨んだりした。「たーま、たま、たま」と節《ふし》をつけてからかわれ、ネコみたいだと情けなくなったこともあった。

おたまがしがらきに来てから、もう三年になったが、まだ店に出してもらえなかった。表でお茶をくんで出したり、客の世話をすれば、ときには心づけをおいていく、気の利いた旅人もあった。それは娘の実入《みい》りになった。

もう一つ、店に出る娘は、制服というほどのことはなかったが、木綿のさらの着物と赤い前垂《まえだ》れがもらえた。これも若い娘たちにとっては魅力であった。

いっしょ頃しがらき入りしたおときという娘は、この春から店に出た。だのにおたまの背にはいまだに赤ん坊がくくりつけられていた。上の子がようやく四歳になり、これで子守はおしまいと思ったのに、次が去年生まれたからであった。

東海道鶴見村は神奈川宿《じゅく》へ一里《り》半（約六キロメートル）、川崎宿へは一里（約四キロメートル）のところにあったので、間《あい》の宿《しゅく》と呼ばれていた。ここは旅籠《はたご》の営業は止《と》められていた。ただ、川崎から神奈川までの二里半、十キロは通しで歩くわけにはいかなかったであろう。馬だって、荷をつけたままで休ませなかったら潰れてしまう。

そこで旅人が一服する休み茶屋とか、馬を休ませたり、代えたりする立場《たてば》が必要であった。その営業は許可されていたから、鶴見村の街道筋には、茶屋が並んでいた。ほとんどがよしずを張り回した腰掛《こしかけ》茶屋であった。

その中でしがらきは別格であった。表間口七間（約十三メートル）、本陣のような門構えを持ち、玄関つきで、間数も十畳が二つ、九畳が一つ、六畳が二つあった。そのうちのどの部屋かわからないが、上段《じょうだん》の間《ま》といって、五、六寸（約十七、八センチメートル）高く作られ、床《とこ》の間《ま》と違い棚があった。障子を開くと、真っすぐ一丁《ちょう》（約百メートル）先に海が見えた。反対の書院窓からは牡丹《ぼたん》、躑躅《つつじ》、花菖蒲《はなしょうぶ》、蘇鉄《そてつ》、木斛《もっこく》などを植えこんだ庭が見えた。この座敷には大名とか、公卿《くげ》たちを通した。

立場のほうは入り口も別になっていて、荷を下ろす土間と板の間があり、雨の日にも都合のいいように、庇《ひさし》が大通りまで伸びていた。土間には茶を沸かすかまどがあり、腰掛が並べてあった。

しがらきの主人は四郎左衛門《しろうざえもん》といって、近郷《きんごう》に知られた豪農《ごうのう》であった。つまり出だしから他の腰掛茶屋のよしずの張り回しとは違っていたのであった。

はじまりは茶づけ茶屋で、何か趣向《しゅこう》がなければということからか、道具に凝《こ》って、伊万里《いまり》の錦手《にしきで》の茶碗を使った。同じ伊万里のふたものに梅干や紅生姜《べにしょうが》を入れて出し、これが受けた。またこの梅干だが、道中の食あたりに効《き》くとか何とかいって、売っていたようだ。竹の皮に何個か包んで、何文《もん》だったとかいう記録も残っている。

しがらきは後になってから、料理も少しは出す料理屋に成長していた。献立は季節によって違ったろうが、蛤《はまぐり》の吸いもの、むき身と分葱《わけぎ》の和《あ》えもの、鮃《ひらめ》の煮つけといった潮臭《しおくさ》いものばかりで、これに茄子《なす》、生姜、胡瓜《きゅうり》などのはしりを一品添えるのも忘れなかった。これまた、よその立場茶屋《たてばぢゃや》の、「できますものは田楽《でんがく》にどぶろく」とか、「イモの煮ころがし」というのよりは垢抜《あかぬ》けていた。

「昼のお膳だって、食やあいいってもんじゃねえ。食う心地《ここち》にしてくんなきゃうまくねえやね。座敷がよくって、器《うつわ》がおごってるとなりゃ、五里が十里だって食いに行かあね。」

というわけで、神田、本所辺《ほんじょ》の鳶《とび》職の人たちがひいきにしてくれた。

実はしがらきがここまで大きくなったのは、江戸の各町内の大山講《おおやまこう》の人たちが、行きに帰りに、しがらきに寄ったからであった。ひと夏で、それも初山《はつやま》（六月二十八日）だけで一年分を稼ぎ出したといわれていた。

大山というのは、神奈川県伊勢原市《いせはらし》にあり、古くから霊場《れいじょう》として知られていた。大山のふもとの参詣人《さんけいにん》を泊める宿坊《しゅくぼう》の主《あるじ》（御師《おし》とか先達《せんだつ》とかいった）が、講《こう》、つまり巡礼《じゅんれい》旅行団を組織して案内したから、江戸初め関東一円に広まり、小遣《こづか》いを溜《た》めては出かけるのが流行した。

江戸から十八里（約七十二キロメートル）というのも信心半分の遊山旅《ゆさんたび》には格好で、帰りは鎌倉江《え》の島から、金沢八景まで足を延ばすようになり、ますます大山詣《まい》りは江戸っ子に人気が出てきた。

今年もまたその初山の日がやって来た。しがらきの前には、幅十五、六間《けん》（二十七、八メートル）、高さ二間半（約四・五メートル）の杉丸太《すぎまるた》の足場が組まれた。そこに五段の横桟《よこさん》を打って、参詣者の受けてきたお札《ふだ》をかけるようになっていた。人々の目には、これも大山さまのご繁盛というより、しがらきの繁栄と映った。

そういえば、おたまが初めて「しがらき」に奉公に来たのが、三年前の大山さまの初山であった。ちゃんと挨拶もせず、まごまごしているうちに、もう赤ん坊を背にくくりつけられ、夜になっても、誰も下ろせといってくれなかった。

赤ん坊にも賑《にぎ》わいがわかり、昂《たか》ぶっているからなのか、お尻が濡れてるからなのか、お腹が空《す》いたからか、あるいはくくりつけたまんまで、どこか痛いのか……、赤ん坊は大声でわめく。

おたまは「よしよし……」と揺すりながら、泣きたいのはあたいのほうじゃないかと、思ったものだ。

「ただでさえ暑くるしい陽気に、そう赤ん坊を泣かしちゃたまんないよ。お客が興《きょう》をそぐよっ、そのへんまわってきな。」

おとなしくて、やさしげに見えたおかみさんがきんきん怒鳴ったので、おたまはびっくりした。まだ夕飯も食べさせてもらってないことなど、もちろんいえなかった。

すぐ近くのお宮の暗い杉の下に駆けこみ、思い切り泣いた。すると赤ん坊はその声に驚いて泣き止《や》んだ。あるいは、さんざん泣いてくたびれたのかもしれなかったが……。

今年の賑わいは、その年を遥かに上回っていた。世間の景気がいいのか、それとも悪いから一年いっぺんの憂《う》さ晴らしがはやるのか……。

繁盛に手が足らず、子守っ子のおたままでが忙しかった。洗いあげた皿小鉢を持って、おたまはひと足土間にふみこんだときであった。

「御料理しがらき」と書いた行灯《あんどん》の辺りで騒ぎが起こっていた。

がちゃーん……。丼《どんぶり》か何か割れたようだ。

「おーい、あるじよう、馬子《まご》どんがあばれだした。何とかしてくんねえ。」

「へえ、馬子がなんか難題をふっかけでも。」

江戸者は足が弱い。行きはまだしも、帰りになると、引きずり引きずり、やっとのこと歩くありさまだから、つい馬とか籠《かご》の厄介《やっかい》になる。それも旅の趣向で、江戸への土産話の種だったろう。

四郎左衛門は大山詣りの客を乗せた馬子が酒手《さかて》をねだっているのかと思った。あわてて出ていくと、土間にあぐらをかいていたのは、佐吾平《さごへい》という若者だった。

「なんだ、また、おまえか。」

佐吾平は四郎左衛門の店子《たなこ》で、母親とふたりで、しがらきのすぐ裏に住んでいた。

川崎へ行けば、甘いもののひと折《おり》を、神奈川へ行けば山芋《やまいも》一本を藁《わら》にくるんで、馬につけて帰るという親思いで評判の若い衆であった。ただ一つ欠点といえば、酒が好きで、好きで……。

「いいかい、佐吾《さご》や。酒ってえのはきちげえ水だ。近寄っちゃなんねえ。おめえがあばれんのも、おめえのせいじゃねえ、きちげえの水のせいだ。」

およねは毎日のようにいい聞かせてから、仕事に出した。街道筋の酒屋には、佐吾平には売ってくれるなと頼んで歩いた。佐吾平だって気をつけて、どぶろく茶屋の前は目をつぶって素通りするくらい用心していた。

が、困るのはこんなときであった。通りすがりの何も知らない旅人が、気紛《まぐ》れに飲ませてしまうと、こんどはとことん飲まないと収まらなくなる。しらふのときは肩を落として、ろくにものもいわない佐吾平の目が座りだし、大きな声を出した。驚くのは飲ませた連中であった。

「わるい酒だね、馬子さんのは……。わかった、わかった。もうこれでおつもりだ。おいらたちもこれで引きあげるからよ。兄《あに》いも馬つれて帰《けえ》って、寝てくんな。」

「何を、帰《けえ》って寝ろ。そんな指図をうけるすじはあんめえ。いやだってえのに飲ましたのはてめえたちじゃねえか。酒だ、酒だ。ふーっ。」

佐吾平の上体はふらりふらり、揺れていた。どうにも手がつけられなかった。

「なんだ、こいつに飲ましちまったんですか。こいつのは俗に酒乱《しゅらん》というやつで。」

「なにい、しがらき屋、酒乱とはなんだ。」

普段だったら、まともに口など利けない旦那にまでからんでいった。手を伸ばすと前にあった床几《しょうぎ》をがたんと払った。その上に並んでいた徳利《とっくり》とか、盃《さかずき》、錦手《にしきで》のふたものが、またがらがらっと落ちた。白衣の大山詣りはわーっと逃げた。

すると心得た番頭が騒ぎの輪から抜け出し、ぼんやりつっ立っているおたまに目配《くば》せをした。「うらの佐吾平のうちにいって、おっかさんをよんでこい」という意味であった。

およねは恐縮しながら入ってくると、周りじゅうぺこぺこ頭を下げた。それから佐吾平の頭の上で大喝《だいかつ》した。

佐吾平は一瞬、とろんとした目をあげ、不思議そうな顔をしたが、怒鳴っているのが母親とわかると、こんどは泣き上戸《じょうご》になった。呆《あき》れたことに、本当に大粒の涙をこぼし、

「おっかあ、すまねえ、すまねえ。」

と、およねの手に涙の顔をこすりつけようとするのであった。

「どうも、旦那あいすみません。これも佐吾のやつがおっかいたんで?」

およねはその辺に散らかった徳利や盃のかけらを拾いはじめた。

「いいよ、いいよ、およね。ここはいいからはやくこいつをつれて帰《けえ》ってくんな。よそのご存じない衆が、佐吾平にふるまってくださろうとしたんだ。」

四郎左衛門も本当は腹に据《す》えかねていたのだが、今はただ、佐吾平をここから連れ出して

ほしかった。佐吾平は小柄なおよねに引っ立てられて帰っていった。

大山さまの初山といえば、一年一度の儲《もう》けの日だが、こういう面倒も必ず起こった。

鶴見村には佐吾平の他にも、いくたりか街道稼ぎの人足《にんそく》がいた。もっとも正規《せいき》な人足というのは、宿場にある問屋場《とんやば》（人足をわりふる役所）に登録した者だけだったから、間《あい》の宿の鶴見辺でうろうろしているのは、もぐりであった。もぐりといっても住所不定の雲助《くもすけ》という意味ではない。ちゃんと村の人別帳《にんべつちょう》（戸籍簿）にも載《の》っている人で、畑仕事の合間に荷担ぎをしていた。

たとえばぐず八、本名は庄八《しょうはち》だが、誰も本名で呼ばなかった。ぐず八のぐずはのろまという意味でなく、ぐずぐず小うるさいほうのぐずであった。

そもそもは、神奈川宿へお役《やく》（助郷）で出たのが病みつきになったのであった。

大名行列があるときなど、問屋場から名主《なぬし》のところへ、「鶴見村から何人よこしてもらいたい」と、いってくる。名主は貝を吹いたり、それが聞こえないところへは、男衆《おとこしゅう》が「お役だ、お役だ」と触れ回るのであった。

「八《は》っつあんよ、お役だ。」

「ふんじゃまあ、いってくんべ。お役ってのは銭がちっとでよう。」

行きたくてしようがないくせに、ぐず八は格好をつけた。「そんならよすけえ」と男衆はいいそうになって、ようやく飲みこんだ。そんなこといおうものなら、半年はぐすぐすいっている。

お役へは野良着《のらぎ》のまんま出ていけばよかった。役札《やくふだ》は触れてきた男衆が、うちに放りこんでくれた。それを溜《た》めておいて、盆《ぼん》か暮《くれ》に名主のところに持っていくと金に換えてもらえた。一枚百六十文くらいだが、せっせと出た家は二十両くらいになった。これではぐず八だって止《や》められない。もっともお上のご用は盆か暮にならないと金にならなかったが旅人と相対《あいたい》で取り決めをして、荷担ぎをすれば、日銭《ひぜに》が入った。そこでぐず八は転向したのだ。

今ひとり鶴見の人足で、唄のうまい長持《ながもち》担ぎがいた。長持が担げて、唄ができるとなれば、人足としては一級で、鶴見なんかでうろうろしていない。いつも宿場の問屋場にいて、真っ先に割のいい長持を担いだ。これは実入りも断然違った。

安太郎《やすたろう》というのだが、街道筋では〈唄安《うたやす》〉で通っていた。

安太郎は人足としては珍しく喧嘩も博打《ばくち》もしなかった。まあ酒だけは、声に艶《つや》を出すために飲んだようであったが……。

長持唄は大名行列に風情《ふぜい》を添えるだけのものではなかった。もっと実用的なもので、唄で人足は勇む。唄に合わせて肩をふれば、荷も軽くなるというものだ。

立場《たてば》なあ
立場でよ
酒さえのめば、
青梅《おうめ》　さんとめ
着た　心地よう
　えっさえっさ
　えっさえっさ

「ほうれ、安《やす》の唄だ。安がとおるよ。」

鶴見では大名行列を見るというより、安太郎の唄を聞くほうが先だったかもしれない。安太郎の声がすると、軒並《のきな》みの茶屋から飛び出してきたものだ。

こういう住所のはっきりしている人足のほかに、浮浪《ふろう》の人足、つまり雲助もいた。もらった銭は耳の穴に詰めたり、ふんどしの先に通したりしており、着ているものといったらべらべらの襦袢《じゅばん》一枚。ひどいのはそれさえ着ていなかった。冬なんか、肌が紫色になっているのに、決して「寒い」といわなかった。

雲助連中はだいたい変わり者が多かったが、またまた変なのが鶴見辺に現れた。子連れの雲助であった。これには鶴見の人たちも驚いた。

他の雲助が肌を陽に焼き、荒くれているのに、これで荷が担げるのかと思うくらい痩《や》せて細い。肩も薄かった。白いというより青かった。名を聞いてもいいたがらなかった。

「ありゃ、もとは由緒《ゆいしょ》ある武家にちげえねえ。わけありで浪人してるんだべや。」

「うんにゃそうでね。ありゃ芸人のなれのはてだね。小粋《こいき》なからだつきだ。江戸をしくじって流れてきたのさ。」

どことなくある品《ひん》が、それからもう一つ子ども連れであることが同情されるのか、流れ者の割には、結構仕事はさせてもらっていた。

仕事の間、子どもは放っておかれた。

おたまが、その子を初めて見たのは杉山明神《みょうじん》の境内《けいだい》であった。背中の赤ん坊が機嫌が悪く、いつまでもぐずっているので、おたまは涼しい杉の木蔭に連れていって、下ろしてやろうと思った。

すると、そこに雲助の子がひとりで遊んでいた。これが噂の子どもかと、それだけでおたまの心は濡れてくる。

「まだ、おっかさんのほしい年じゃないか。」

おたまは、何とかやさしく声をかけてやりたいと近寄った。

「坊《ぼう》、いくつ？」

「…………」

男の子はびくっと振り向いた。父親に似て細くて白い。ただ泥と垢《あか》で、父親よりは薄汚れていたが……。薄い鼻、心持ちとがった口、目つきにも険《けん》があって、おたまはキツネを連想した。

「なんて名なんだい。」

おたまはできるだけやさしい声で聞いた。

それでも返事がなかった。鮃《ひらめ》みたいに白目を出して、ちらっとおたまを見上げた。どう見てもかわいげがない。たぶん他人のやさしいいたわりの声を聞いたことがないんだよと、おたまは胸がいっぱいになった。

「坊、おっかさんはどうしたのさ。」

途端に男の子の表情がゆがんだ。ああ、悪いことを聞いた。そんなつもりじゃなかったんだよと、いおうとしたとき、突然後ろから怒鳴られた。

「だまれ、だまれ、寄ってたかって、よけいなことを聞きやがって……」

父親の雲助であった。仕事を終えて、子どもを迎えに来たのであった。びっくりして突っ立っているおたまの横を、ふたりはすり抜けて行ってしまった。

二度目に見たのは、お宮の裏手の雑木林の中であった。男の子は林の中から、生まれたての鴨のひなを見つけて、両の手の平で囲っていた。指の間から、水かきのついたミカン色の足が片方はみ出していた。

「へえ、坊が見つけたんだね。」

「うん。」

おたまはその子がまた警戒して、口をつぐむと思ったのに、うなずいたので、かえってびっくりした。鴨の子を見つけた喜びが、この子の心を開いたのだろう。

「見して。」

「うん。」

鴨の子は目を閉じていた。子どもは手加減を知らない。あんまりぎゅっとつかまれて苦しいのか、ぐったりしていた。

「手、ゆるめておやりよ。」

おたまはいおうとして止《や》めた。とにかくこの子は初めて夢中になるものを手にしているんだとわかったから。

「坊、おとっつぁんは。」

「きんのから、本陣いってる。」

「坊はゆんべどこにねたのさ。朝のまんまたべたのかい。」

「…………」

男の子は口をゆがめた。お腹の空《す》いているのを思い出すまいと、あちこち駆け回ったのに……、無理に思い出させられたという顔であった。

「あれ、もうかれこれ昼近くじゃないか。じゃ、おいでよ。」

おたまはその子を、「しがらき」の裏口へ連れて行くと、木戸に待たせておいた。

「いいかい、すぐ来るからね。ここ、いごいちゃだめだよ。」

「うん。」

今の時刻は店が忙しいので、裏は無人のことが多い。おたまは辺りを確かめてから、軒《のき》に吊るした籠《かご》を降ろした。客の残りものが入れてあった。

おたまは味噌を手になすり、冷やごはんを大きくしゃくって、ぎゅうぎゅう固めた。どうもうまく行かない。ご飯粒はぽろぽろこぼれるし、にぎればにぎるほど指にくっつく。見つかれば大変と思うので、焦《あせ》るから、余計《よけい》うまくいかない。どうやら不格好なのを二つこしらえた。格好なんてあの子はとやかくいわないだろう。

はたして、その子は鴨の子を放り出すと、おたまの手から引ったくるようにして、にぎり飯を取った。そして、ものもいわずにむしゃぶりついた。おたまは自分の指についたご飯粒を口に入れながら、胸が熱くなって、こみあげてくるのを必死で堪《こら》えていた。

「いいかい、おなかすいたらいつでも木戸んとこに来るんだよ。あたいがなんかとっといてやる。そうだ、この次は紅生姜をにぎりこんで来てやる。」

そんなことから、おたまは男の子と親しくなった。おたまにだけは、ぼそりぼそり何でも話してくれるようになった。

「太田備後守《おおたびんごのかみ》さま、御供人足《おんともにんそく》何人」と、これは人足の元締《もとじ》めがしがらきに知らせてくる。人足は力仕事で、一里ごとに飯を食うといわれているくらいだ。人数分の丼《どんぶり》飯を用意するのが、立場《たてば》の仕事であった。

しがらきの台所はそれからひとしきり戦争のような忙しさであった。

「おたま、たくあんを五本ほど出してきな。」

「あい。」

「おたま、どんぶり。」

「おたま、はし。」

うろうろしていると、炊きあがった大釜を持った男衆がおたまを突き飛ばす。

「どいた、どいた、どいた。背なかの坊がやけどしても知らねえぞ。」

土間に醤油樽《しょうゆだる》とか床几《しょうぎ》がおかれ、そこに山盛りの丼飯に、こうこ二切れ添えたのが並べられるのであった。

炊きあがっていなかったり、並べ方が遅かったりすると、荒い人足は怒り出す。

「あつくて、かっこめるか。」

と、投げつけられたこともあった。

だから、「お立ち」ということで、殿さまは上段の間から出て、駕籠《かご》に乗られ、人足は銘々《めいめい》の荷を担いで位置につくと、それこそしがらきじゅうが、「やれやれ、ぶじに……」と、ほっとするのであった。

ところが実はそれが無事ではなかった。ちょっとした事件が起こっていた。みなの立ったあと、具足櫃《ぐそくびつ》が一つ、土間に残っていたのであった。

それを担いでいた人足が逃げたのだ。だいたい具足櫃なんか持って道中することはないのに、どういうわけか大名はいちいち持って歩く。中には風呂桶《おけ》から包丁に茶椀に箸《はし》を入れた食器棚まで担いでいる行列もあった。この具足櫃というのが重くて、力自慢の人足でも、大《たい》概音《がいね》をあげるのであった。

「明《あ》け荷《に》だ。明け荷だ。」

「えっ、またけえ。つかまったのけえ。」

「つかまるもんかね。そんなどじじゃねえよ。みろ。侍《さむらい》や元締めがどなりまくってんべ。」

「度胸いい奴、いるもんだ。」

ちょうど鶴見辺は、人足の逃げ場になっていて、立場がごたごたして、元締めも気を許している間にいなくなってしまうのであった。鶴見は裏が雑木山《ぞうき》で、逃げやすかったからであった。

ただし、捕《つか》まると息杖《いきづえ》を背中にあてがわれ、両手両足縛りつけられ、仰《あお》向けにされて、問屋場にさらされた。もっとも一、二回棒縛りにあっても、荒くれ人足はちっとも堪《こた》えないようだ。

結局、子連れの人足が呼び出され、川崎まで代わりに担いでいくことになって、けりがついた。

その後で、実はこれこそ大事件であったが……。太田さまが川崎へ向けて、いくらも行っていないと思うころ、こんどはそっちから播州《ばんしゅう》（播磨《はりま》、いまの兵庫県）明石の城主、松平侯《まつだいらこう》が行列をととのえてやって来た。大名たちの使う立場はだいたい決まっていて、明石侯の立場はしがらきではなかった。だからそれは良かったのだが……。

明け荷騒ぎで、しがらきの人たちはまだ店にも入らず、その辺にうろうろしていた。そこにお通りなので、取りあえず道の端に膝をつき、頭を下げた。

「下にぃ、下にぃ、かぶりものはとりませ。」

の声がしてきた。

ふとおたまは道の向こうに、人足の子どもを見つけた。夏場というのに、まだ着ている袷《ふき》の破れた、いつもの袷《あわせ》のふところをふくらませているのは、また雑木山で、何かを捕まえたのであろうか。山グミでももいできたのであろうか。

おたまは手をふった。おとっつぁんは川崎へ仕事だよと、教えるつもりであった。男の子はおたまを見つけてにこっとすると、こっちに駆け出してきた。

「だめ、だめっ、来ちゃいけないったら。」

おたまはあわてた。行列はもうそこに来ていた。道に飛び出せば、行列を切った無礼な奴ということになり、お手打ちになる。

「だめだよ、そこにすわるんだってば……」

おたまは気違いのように手をふった。しがらきのみなも青くなった。「だめだ、だめだ、そこにいるんだったら……」、声が出せないので、その分必死に手をふった。子どもにはそれが早くおいでに見えたのだろうか。

ついに行列の前に飛び出してしまった。ぱらぱらっと駆けつけてきた先共《さきども》の侍に、男の子は押さえつけられた。そして縛りあげられ、連れて行かれてしまった。あっという間のことであった。

「おねがいでございます。この子のいのちをおたすけくださいませ。おねがいでございます。」

おたまは飛び出していって、お駕籠にすがりつこうとした。もちろん戸は開かない。

「お慈悲でございます。」

おたまは侍にけとばされたが、その足にしがみついた。ずるっ、ずるっと引きずられたが、とうとう払われてしまった。

「あたいが手さえふんなきゃ、こんなことになんなかったんだ。」

おたまはわあわあ泣きながら、行列の後からついて行った。

「あの子の運命はわかってんべや。神奈川の本陣の庭でばっさり……」

「そうさね、だいたい明石さまっておかたは一日に一度血を見ねえと眠れねえっていう荒大名《あらだいみょう》だっていうじゃねえか。ただですむわけねえべや。」

三島《みしま》でも行列を切った子がお手打ちになったとか、無礼な人足が斬られたとか、東海道筋では明石侯の評判は悪かった。

「嘆願《たんがん》してもきかねえだべか。」

「ああ、あの子のとっつぁんは、人別帳もねえ雲助だぞ。しがらきや名主が本気で出かけてくんねえべ。」

おたまはその夕刻遅く、しょんぼりしがらきに帰ってきた。何を聞いても返事をしなかったが、それはあの男の子の運命を、かえって雄弁に物語っていた。

父親の人足は、なげいているのか、いないのか、あまり表情を変えず、あい変わらずだんまりでいたが、その後いつのまにか鶴見から姿を消してしまった。

藤屋のおたか

東海道生麦《なまむぎ》の茶屋「藤屋」の息子伝次郎は、十二歳の時奉公に出た。遠縁の江戸、内藤新宿《ないとうしんじゅく》の小倉屋であった。総領だろうと、ひとり息子だろうと、ひとまず他人の家で修業させるのが当時の商家の習慣であった。

藤屋では伝次郎を修業に出した気でいたが、小倉屋の方では養子にもらったものと思っていた。なぜ、そんな思い違いをしたかというと、本当は伝次郎は次男で、上に藤次郎というのがいたからであった。その藤次郎が疱瘡《ほうそう》で早死にしてしまった。続いておとっつぁんの伝七が急死した。その時、伝次郎を取り戻すのに、ちょっとごたごたした。

伝七の後家、つまり伝次郎のおっかさんは、名主《なぬし》の関口藤右衛門《とうえもん》に江戸に行ってもらって、やっとのことで連れ戻したようだ。

伝次郎はたった五年、江戸にいただけなのに、すっかり人が変っていた。仕事もしないで、ぼんやりしていることが多かったので、おっかさんが見かねて意見でもしようものなら、すぐふてくされた。

「小倉屋じゃ養子にと思ったくらいだろう。だいぶ甘やかされたんだろうねえ。困ったもんだよ。」

おっかさんはおふじやおたかにこぼした。おふじは伝次郎の姉で、近くに嫁に行っていた。おっかさんは最初、あまりの面倒さに伝次郎をあきらめ、おふじの婿《むこ》に藤屋を継いでもらおうと思ったこともあった。おたかは妹で、二つ年下であった。

「それとも江戸のふうに染まっちまったのかねえ。いなかがいやになったのかもしんないねえ。」

おたかはうなずいたが、心の中では全く別のことを考えていた。あんちゃんが暗い目をしたり、反抗的な態度を見せるのは、きっとわけがあるのだ。小倉屋で何かあったに違いない。あんちゃんは気が弱いところがあるけど、穏やかで明るい性分だ。そのあんちゃんが変っちまったのは、きっと何かあったんだ……。

ある晩、伝次郎はうなされて、ひどい声をあげた。

びっくりしておっかさんとおたかが飛んでいくと、伝次郎はおびえたような顔で、寝床の上に坐っていた。寝巻きのはだけた胸はびっしょり、汗で濡れていた。やっぱり、何かあったんだ。あんちゃんはその時のことを夢に見てうなされたに違いない。

次の日、おたかは小倉屋に奉公に行かせてほしいといい出した。

「なんだって。」

おっかさんはびっくりした。伝次郎がこんなふうだったから、おっかさんとしてはおたかが唯一の頼りだったのだ。今、江戸なんかに出せるもんか。

「あれ、お恵《けい》がいるじゃないか。」

お恵はおたかより二歳下であった。

「だめだよ、おっかさん。お恵だって、もう甘やかす年じゃないんだよ。」

「わかってるよ。でもさ、おたか。奉公なら近間にしておくれよ。鶴見とか、せいぜい川崎とか」

「同じこったよ。江戸も知らないとこは苦労だけどさ、小倉屋なら勝手もわかってるもの。都合いいじゃないか。」

「小倉屋は伝次郎のことでごたごたしたろ。具合悪いよ。」

「だからだよ。そのおわびの為にも小倉屋にいくんじゃないか。そんなに長くじゃないよ。一年、ううん半年でいい。あたいが手伝ってくりゃ、小倉屋も機嫌直すよ。ね、その方がおっかさんだって、気が楽になるんじゃないのかい。」

なるほど、確かにそうかもしれない。おたかが伝次郎の代わりをちっとでも務めてくれりゃ、義理も立つというものだ。

もちろん、おっかさんには、小倉屋に行きたがるおたかの本心はわからなかった。

小倉屋は、四谷《よつや》内藤新宿の上町にあった。

甲州街道の第一の宿場は高井戸で、日本橋から四里《り》（十六キロメートル）になる。それではあまり遠すぎて、旅人も馬も疲れて休む場所もなかった。それでは不便だということで、だいたい中程のところに新しい宿場を作ることになった。ちょうどそこが高遠《たかとお》城主内藤大和守の下屋敷だったので、内藤新宿といった。

宿場はどこでも、上宿《かみじゅく》、中宿《なかじゅく》、下宿《しもじゅく》とわかれているが、江戸に近い方が上に決まっている。ところが甲州街道だけは逆になっていた。

上町は、甲州街道と青梅《おうめ》街道の分岐点、いわゆる追分《おいわけ》にあたる。八幡《やわた》屋、尾張屋、倉崎、新美濃《しんみの》と並んで小倉屋があった。

旅人にお酒とか料理を出す茶店、つまり、藤屋と同業と、おたかは聞いていたのに、来てみれば旅籠《はたご》屋までやっていた。しかしどうも、そっちは内緒《ないしょ》の営業らしかった。

新美濃、尾張屋は二階建てなのに、通りに面した表だけ三階に見せたり、入り口の柱や梁《はり》など、鶴や亀の彫《ほ》りものをしたり、竜宮城のように朱塗りの欄干《らんかん》なんかくっつけ、とかく派手だったが、小倉屋は内緒のせいもあって、目立たない。

「こしらえなんかどうだっていいんだよ。一間《けん》でもいい、一尺でもいい。江戸に店を近づけたいねえ。こんな宿のはずれにいつまでもいるもんか。それがあたいの望みだ。」

小倉屋のおかみのおよしはいった。

「あーら、おばさん。でも小倉屋のあんのは上宿じゃないですか。宿場の一番いいとこ。」

「まあね。」

およしは瘦《や》せぎすで、年以上にふけて見えた。家じゅうで一番早く起き出して働く。自分もやるかわり、他人にもそれだけうるさい。

「小倉屋のおかみの口八丁手八丁」は近所でも有名で、一番やられているのは、主人の小倉屋忠蔵《ただぞう》であった。こっちは地蔵顔のおっとりで、しゃべり方も動作も、どっちかというとのろい。それがまたおよしはいらいらするらしかった。

「ちょいと、おまえさん。頼んだことはどうしたのさ。もったらもったら、いつまでお茶など飲んでいるんだよ。そんなの、さっさと飲んでしまいなよ。じれったいねえ。」

忠蔵は決して鈍重でなんかない。外に出れば、町内の世話役などきちんと務めるし、信用もあった。それがおよしに向うと、口がもごもごもつれてしまう。ぽんぽんいわれると、それだけで口が利《き》けなくなった。

「追分の七ふしぎのひとつだ」

という人もあった。

おたかも来るそうそう、やられてしまった。

「ちょいと、おたか。おまえ、本当に手伝う気があるのかい。」

店の前を掃いていた時であった。

「おまえ、それ掃除のつもりかい。もうもうとけむり立てて。おまえんとこも街道っぱたの商いじゃないか。水もまかずにぱっぱっぱっとほうき使うもんがあるかねえ。水でほこりを落ちつけといて、静かに上の大ごみだけ寄せる要領だよ。この辺は馬が落としていくもんがあるだろ。それを先によけて、裏にためておきゃ、在郷《ざいごう》のもんが畠のこやしにもってってくれる。それを無精すると、乾いてほこりになるのさ。おまえはそれをあおるんだもの。店ん中までざらざらじゃないか。わかったのかい、おたか。」

「あい。」

「ほれ、ほれっ。その水のまき方。おまえのおっかさんは水のまき方も教《おせ》えなかったんかねえ。どういうしつけをしたもんだか。ほらいわないこっちゃない。人様の裾《すそ》にかかったろ。どうも、あいすんませんです。おたか、しっかりあたりに注意しておくれよ。」

これには、おたかも参った。あんちゃんもぽんぽんやっつけられたんだ。

ところがどうもそれは口だけで、根はないということは、すぐわかった。

ある時、台所に女の人が泣きながらやって来た。するとおよしは誰もいない井戸端《ばた》まで連れていって、しきりになだめていた。帰る時にはいくらか包んでやっているのを、おたかは見てしまった。

「あの人ね、前ここに奉公していて……。御亭主が病気になったんです。」

ちょうど裏に自分の洗濯ものを干そうと出てきた、みやという娘が、おたかの耳にささやいた。みやは客の給仕係りであった。

そうか、おばさんは根はいい人なんだ。ぽんぽんいうから損をしているんだ。養子にと思ったあんちゃんに辛く当たるはずあるもんか。

「ねえ、おみやちゃん。あんた、ここにいた伝次郎ってシト知ってる?」

「ああ、旦那の親戚ってシトね。」

「うん。」

「口きいたことないよ。あたいたち、店のシトと口利いちゃいけないんだよ。あんたも気をつけた方がいいよ。」

みやはそっと辺りを見回した。おたかはもっとあんちゃんのことを聞きたかったけど、止《や》めた。早まってもだめだ。

実はおたかが内藤新宿に来て驚いたことは沢山あったが、その中でも一番びっくりしたのは、みやたちのことであった。

夕方になると、こぎれいにして座敷に出ていく。そういう給仕係りが、みやのほかにも五人いた。いわ、まち、きく、かく、そらたちであった。

新しく宿場が開かれたものの、宿場は今一つぱっとしなかった。第一ここを通る参勤交代の大名は、高遠城主の内藤家、飯田の堀家、高島の諏訪《すわ》家しかない。東海道の川止めをさけて甲州街道に廻《まわ》った大名もあったけれど、山道の難所にうんざりして、二度と通らなかったそうである。

宿場の繁栄は、大名が気前良く出してくれる心付けだが、それがこう少なくては成り立たない。そこで旅籠屋に給仕女をおいてもいいという許可をもらったのであった。

何と内緒の旅籠営業の小倉屋にも、その給仕係りがいた。あんちゃんは何もいわなかったけど、どう思ってたんだろう。

みやちゃんが気を許してくれるのを待って……と思ったが、用心してるのか、ちっとも声をかけてくれなかった。娘たちは昼間は何もすることがなさそうだったが、その時間、おたかは忙しい。洗濯、掃除、ご飯炊きに追いまくられている。夕方おたかが暇になると、娘たちは座敷に出なくてはならなかった。

「おたかちゃん、上水《じょうすい》に蛍《ほたる》が出たってえから、涼みに行かないかい。」

女中のいねが誘ってくれた。おばさんのおよしが小倉屋に嫁に来る前からここに勤めているそうで、店のこととか、宿場のしきたりなんか、よく知っていた。およしもわからないことがあると、いねに聞いていた。

「ああ、先代はこうやっていらしたですよ。でも、時代も違いますからさ。おかみさんのお考えでお計らいになっちゃいかがですか。」

と、ちゃんとおかみさんを立てるから、受けがいい。

おたかがおかみさんにしつこく叱られて、しょげていた時もすれ違いざま、一里だま（飴）をにぎらせてくれた。そのいねの誘いだったので、蛍なんて珍らしくもなかったけど、おたかはついて行った。

そこは玉川上水の土手であった。桜が並んでいた。枝がぐっと水の上に伸びており、花時はさぞかしきれいだろう。

「この木はとき色の花が咲くよ。こっちはまっ白《ちろ》。桜ってえのは、水の毒を消すっていうんで、植えてあるんだとさ。」

その桜の枝をくぐって、ふらふら、威勢の悪い蛍がとんで来た。まだ夕方の残照があるんで、灯が目立たないのかもしれない。

その時、上水の対岸の貸座敷に灯《ひ》が入った。一軒が点《つ》くと、次々明るくなり、急に夜が来た。

「そこが八幡屋さん。となりが尾張屋さん、一軒おいて新美濃、そのとなりがうち。」

気がつかなかったけど、ここはすぐ裏だったのである。

また蛍が二匹、もつれるように飛んできた。座敷の百匁蠟燭《めろうそく》より暗い。

「情けない蛍だねえ。まだ季節が早かったんだね。それとも心中もんの魂かもしんないよ。」

「し、しんじゅう?」

「ここね、とびこみの名所。深くないっていうけどさ。死ぬ時はどんなところでだって死ねるもんさ。小倉屋の女の子もとびこんだんだよ。」

「いつのこと?」

「そうかい、伝ちゃんはいわなかったのかい。」

「え、あんちゃんがいた時のこと?」

「逃げ出した娘がさ、せっかんされてね。夜いつのまにかぬけ出したと思ったら、上水にとびこんだんだよ。」

それだ、あんちゃんの気鬱《きうつ》の原因は。あんちゃんはそのせっかんを見ちまったんだろうか。

「ねえ、小倉屋って、そんなひどい商売なの? あたいにはわかんないけどさ。逃げたくなるくらい？　今も逃げたいって思ってるんだろうか。」

「だれが？」

「みんな。みやちゃんや、いわちゃんたち。」

「さあね。」

飛びこんだ娘のことは、いくら聞いても、いねはそれ以上いってくれなかった。いいよ、いいよ。いつか聞き出してやる。

帰り、大通りに出ると、各店の灯でお祭りのようであった。

ふとのぞいた尾張屋の店には、頭に櫛《くし》や笄《こうがい》を飾り、打掛けで並んでいる娘たちが見えた。笄や打掛けの金糸銀糸があやしく光り、その美しさにおたかはぼうっとなった。初め、人形が並べてあるのかと思った。それが、いつも店の裏で、赤っ茶けた、あぶらっ気《け》のない髪で、青い顔をした娘たちとわかって、二度びっくりした。

「いわちゃんたちもあんなかっこうすんの？」

「しないよ。うちはもぐりの商いだもの。でもうちあたりの方が気がおけないってはやってるのさ。」

おたかが何か聞こうとした時、いねはそれを封じるようにぴしゃっといった。

「あんましいろいろ口つっこまない方がいいよ。」

おたかはどきっとした。この人、あたいが小倉屋の身内と思って警戒してるんだろうか。やさしくって、人のいい、話のわかるおばさんと思ったけど、本心は別かもしんない。用心、用心。

「おめえ、伝ちゃんの妹だって?」

いなせな印半纏《しるしばんてん》の若い衆に声をかけられ、おたかはぎくっとした。店の表に盛《も》り塩《じお》をしていた時であった。

台屋の若い衆で、半纏には、「伊勢久《いせきゅう》」とあった。

四つ足のついた台に、さしみとか旬の野菜を取り合わせて盛りつけるのを台ものというが、茶屋とか貸座敷では仕出し屋に頼んで届けてもらう。それを台屋といった。

「あんちゃんを知ってるんですか。」

「ああ、遊び仲間さ。」

うそだと、おたかは思った。こんな粋《いき》な江戸もんが、いなかっぺのあんちゃんと話が合うはず、ないじゃないか。見たとこあんちゃんより年も上だし……。

「あたいが伝次郎の妹ってこと、だれに聞いたんですか」

そこへ粋なこしらえのねえさんが通りかかり、

「あら、松ちゃん、出前？」

と声をかけたので、それきりになってしまった。

大皿にかけた紙が風で持ちあがり、ちらっと見えたのは、萩の枝を添えた台ものであった。

あ、あのウサギは卵だ。そのくらいなら生麦辺の板前だって作ってる。

二度目にその若い衆に会ったのは、昼間だった。おたかは使いの帰りであった。

「あのう、松ちゃんてえシト。」

と呼びかけたのに、松ちゃんの方では気がつかないふりをした。おかしい。何かあるんだ。

それともあたいが小娘で、相手にもなんないと馬鹿にしているのかもしんない。まったくわかんないことだらけ。そしてみんな、怪しく見える。

ある日、思い切って、伊勢久に出かけていった。

伊勢久は中町にあった。ここは店で料理を食べさせないで、仕出し専門だから、戸を開けると広い土間で、真ん中に一間くらいの細長いこんろがあり、その上に鉄きゅう（網）を乗せて、魚を焼いたり、鍋で何かこしらえたりしていた。

忙しそうにしてるので、声をかけそびれていると、松ちゃんが顔をあげた。

「あれ小倉屋んとこの……、どしたい。出前の注文かよ。」

「いいえ。」

「何、おいらに用か。よし、こっちに来ねえ。」

そこは、野菜を縛った縄とか、鮎《あゆ》を入れた空《あ》き籠《かご》なんかが乱雑に捨ててある裏庭であった。

おたかは思い切っていった。

「ちょっとあんちゃんのこと、聞きたかったんです。あんちゃん、なんか気を病《や》むことがあって、うなされるんです。」

「ふふっ、そいつはネコのたたりだ。」

「え、なんのたたり？」

「いや、な、なんでもねえよ。」

「でも、今、ネコっていった。」

「ちぇっ、聞こえてんなら、聞きかえすねえ。」

「ネコのたたりって、なんのことですか。」

「ぬし、あした、もいっぺん、出直して来ねえな。」

翌日、若い衆が連れて行ってくれたのは、上町の横丁にある店で、「こと　しゃみせん」と看板があがっていた。

「ここの旦那はおいらたち、若いもんをかわいがってくださるんだ。伝の字もよくおじゃました。」

その旦那はいなかったけれど、仕事場で職人が木の胴に皮を張っていた。まるで尾張屋の娘の笄《こうがい》のように、締《し》め木《き》が沢山差してあった。

「あの皮てえのがネコの腹の皮さ。新宿にネコいねえだろう。ここのせいだよ。」

「松ちゃん、またそんな与太とばす。」

職人は顔をあげた。

「ああ、この子ね、伝の字の妹だよ。小倉屋に来てんだ。」

「へえ、伝ちゃんのね。伝ちゃんにはよく手伝ってもらった。はじめいやがってたけどよ。そのうちよろこんで締めてたぜ。」

「締めた？」

おたかは何のことかわからなかったが、何とそれはつかまえた猫の首を締めることであった。

「あいつばっかは馴《な》れてるこちとらでもいやなもんさ。」

職人と松ちゃんは顔を見合わせて笑った。

これだよ。あんちゃんはこれが辛かったんだ。喜んで締めたもんか。大人ってひどいよ。自分でも嫌なことを、子どものあんちゃんにさせたんだ。ああ、なんてところだ、ここは。あたいも生麦へ帰ろうっと。ここは長くいるところじゃないよ。

ところが、実はまだあった。

ちょうどお盆の入《い》りの日であった。みやとそらといわが桶《おけ》と柄杓《ひしゃく》を借りに来た。見ると線香も持っていた。

「お参りかい。」

「うん、こないだ上水で死んだ朋輩《ほうばい》の新盆《にいばん》だもん。」

「ねえ、あたいも連れてっておくれ。」

みやとそらは顔を見合わせた。迷惑そうにしてるのはわかったけど、どうしてもお参りさせてほしかった。

「お盆だろう。うちのもんはお寺やら何やら。ね、だから大丈夫だよ。連れてっておくれよ。」

「………」

「見つかったら、あたいが勝手についてったことにするから。」

そして、本当に勝手について行った。みやたちの入っていったのは投げこみ寺といわれている寺の墓地で、墓標も何もないただの土《ど》まんじゅうであった。

「この子、あかねちゃんっていうんだけどさ。八王子の在《ざい》から来たんだよ。まだ、十二だよ。」

「泣いてばっかいた。」

「ある時さ、炭かなんか馬につけて村のもんが表通ったんだよ。あかねちゃん、ふらふらっとついてった。逃げる気なんかなかったと思うよ。」

「それをさ、つかまえてせっかん。」

「その晩、本当に逃げ出したのさ。」

三人が代わるがわる話してくれるのを、おたかはぼんやり聞いていたが、次の瞬間、あっと叫びそうになった。

「手引きしたのが、伝次郎さんだった。」

といったからだ。

「あ、あんちゃん？」

「やっぱ逃げられやしないんだよ。天竜寺の橋んとこで追いつめられて、ふたりは上水におっこちた。伝次郎さんは助かった。小倉屋の親戚だもん。」

おたかは膝からくなっとくずれて、地べたに坐りこんでしまった。

あんちゃん、あんちゃん、あんちゃん。あんちゃんの苦しんでたのは、あかねちゃんのことだったんだね。あんちゃんはやっぱりやさしいあんちゃんだったんだ。きっとこの辛さは当分……、いや、一生続くかもしんないねえ。

本当に伝次郎の苦しみは一生続いたようだ。そのあと、酒に溺《おぼ》れて、家業にも身が入らず、二度も家内に逃げられ、生麦にいられず江戸に出ていったことが、名主の記録に残っている。

初版　あとがき

鶴見《つるみ》村は宿場町でも何でもない。おそらく東海道沿いの村の中でも、目立たないごく平凡な村だったにちがいない。けれどもそこに人が住み、生活があれば、哀《かな》しみも歓《よろこ》びもある。私は残された記録などから、いろんなドラマを想像しては、それをつづってみた。なるべく本当のことが書きたいと思ったが、なかなかそうはいかないものだ。

たとえば、「熊の茶屋」は竹村立義《たけむらたつよし》（独笑庵《どくしょうあん》）の紀行文からヒントを得たのだが、発表後、横浜の方から、「熊茶屋《くまぢゃや》」というべきだとご注意をいただいた。なるほど『関口《せきぐち》日記』の四巻、五巻を見ると（書いたときは未刊行であった）、しばしば「熊茶屋」が出てくる。「熊茶屋」は鶴見ではなく、生麦《なまむぎ》の北町、五左衛門の店であった。文化十一年四月、代官所から「熊は猛獣だから、今のうちに深山に捨てるか、打ち殺すかしろ」というお達しがあった。名主《なぬし》の関口藤右衛門《とうえもん》は五左衛門に頼まれ、わざわざ江戸に熊の助命嘆願に出かけている。これは聞き届けられた。

この熊を見た人はたくさんあった。シーボルトもそのひとり、『江戸参府《さんぷ》紀行』の文政九年四月九日のところには、一頭のよく馴《な》れた熊を見る。頭は小さくてとがり、頭のてっぺんにそって深い溝があり、鼻づらは短く、先が細くなっていてその両側は茶色味を帯《お》びていた。この動物は長さ四フィート、無格好に太り、十八歳で、捕えられて十七年たつ。よく馴れていていろいろな芸をした。

とある。実はシーボルトが見た熊は、十二、三日たって死んでしまった。『関口日記』によると、

文政九年四月二十二日、曇リ、朝之内《のうち》小雨、村々晴ル
昨日熊茶屋五左衛門来り熊死去いたし、候ニ《に》付、馴余変猛牝熊胎手《じゅんよへんもうめすぐまたいし》と附遣《つけやり》候。
二十三日　晴天
一、五拾文《じゅうもん》　熊茶屋法事ニ《に》付　享二被招《きょうじまねかれ》候。

ところでもう一頭熊がいた。五左衛門の熊が江戸にも聞こえるほど名物になったので、忠左衛門までが熊を飼い出した。白熊（北極熊ではなく、月の輪の白子と思われる）であった。この熊は暴れ出したので、殺されてしまった。これも『関口日記』の記述にあった。また、この〈あとがき〉をかいている間にも、川崎の方からお手紙を賜《たまわ》り、白熊を飼っていたのは「白熊屋」といい、この熊を葬《ほうむ》った「白熊神社」の碑もあるとご教示いただいた。

事実は小説より奇なりというが、五左衛門や名主と熊との交流は、はるかに想像を超えたものがあるではないか。私は熊の葬式までは気がつかなかった……。

この作品は一九七七年十一月偕成社より『東海道鶴見村』として刊行されたものに、「藤屋のおたか」（初出「さん」第二号・一九八七年八月）を加えたものである。

著者　岩崎《いわさき》　京子《きょうこ》

1922年、東京生まれ。短篇「さぎ」で日本児童文学者協会新人賞を受賞。『鯉のいる村』（新日本出版社）で野間児童文芸賞、芸術選奨文部大臣賞、『花咲か』（偕成社）で日本児童文学者協会賞を受賞。主な作品に『かさこじぞう』『ききみみずきん』（以上ポプラ社）、『十二支のはじまり』（教育画劇）、『けいたのボタン』（にっけん教育出版社）、『赤いくつ』（女子パウロ会）『一九四一　黄色い蝶』（くもん出版）『街道茶屋百年ばなし　子育てまんじゅう』『街道茶屋百年ばなし　元治元年のサーカス』（以上石風社）などがある。

装画　田代《たしろ》　三善《さんぜん》

1922年東京生まれ。日本美術家連盟、日本児童出版美術家連盟会員。主な作品に『龍の子太郎』（講談社）『太陽とつるぎの歌』（実業之日本社）『こしおれすずめ』（国土社、ボローニャ国際絵本原画展出品）、ＮＨＫテレビ文学館『雪国』他、『久留米がすりのうた』『音吉少年漂流記』（以上旺文社）、『おばけ』（佼成出版社）、『東海道鶴見村』『海と十字架』（以上偕成社）、『ぼくのとうきょうえきたんけん』『源義経』（以上小峰書店）、『道元禅師物語』（金の星社）などがある。

街道茶屋百年ばなし　熊の茶屋

二〇〇五年三月十五日初版第一刷発行

著　者　岩崎京子
発行者　福元満治
発行所　石風社
福岡市中央区渡辺通二―三―二四　〒810-0004
電　話　〇九二（七一四）四八三八
ファクス　〇九二（七二五）三四四〇

印　刷　正光印刷株式会社
製　本　篠原製本株式会社

中村哲＋ペシャワール会編

空爆と「復興」　アフガン最前線報告

米軍による空爆下の食糧配給、農業支援、そして全長十四キロの灌漑用水路建設に挑む著者と日本人青年たちが、四年間にわたって記した修羅の舞台裏。二百数通に及ぶeメール報告を含む、鬼気迫るドキュメント
（2刷）一八九〇円

トーナス・カボチャラダムス（画・文）

空想観光　カボチャドキヤ

「今ここの門司の町がカボチャラダムス殿下が魔法をかけている間だけカボチャドキヤ王国なのである」〈種村季弘氏〉猥雑でシニカル、豊穣でユーモラス、高貴にしてエロティックなカボチャの幻境を描いた不思議な画文集！

二一〇〇円

栢野克己

逆転バカ社長　天職発見の人生マニュアル

転職・借金・貧乏・落第……は成功の条件だった！　ラーメン界の風雲児から冷凍たこ焼き発明者、ホワイトデーの創設者まで、今をときめくフクオカの元気社長二十四人の痛快列伝。「負け組」が逆襲する経営戦国時代の必読バイブル！

（2刷）一五七五円

ジミー・カーター

少年時代

飼牛万里・訳

米国深南部の小さな町、人種差別と大恐慌の時代、家族の愛に抱かれたピーナッツ農園の少年が、黒人小作農や大地の深い愛情に育まれつつ、その子供たちとともに逞しく成長する。全米ベストセラーとなった、元米国大統領の傑作自伝
二六二五円

小林澄夫

左官礼讃

日本で唯一の左官専門誌「左官教室」の編集長が綴る、土壁と職人技へのオマージュ。左官という仕事への愛着と誇り、土と水と風が織りなす土壁の美しさへの畏敬と、殺伐たる現代文明への深い洞察に貫かれた左官のバイブル。

（6刷）二九四〇円

藤田洋三

鏝絵《こてえ》放浪記

壁に刻まれた左官職人の技・鏝絵。その豊穣に魅せられた一人の写真家が、故郷大分を振り出しに、壁と泥と藁を追って、日本全国、さらには中国・アフリカまで歩き続けた二十五年の旅の記録。「スリリングな冒険譚の趣すらある」（西日本新聞）
（2刷）二三一〇円

バーサンスレン・ボロルマー（絵）長野ヒデ子（訳）

モンゴルの黒い髪

第十九回国民文化祭絵本大会グランプリ受賞作　モンゴルに伝わる伝統民話を素材に、彩り豊かに描いた絵本。「彩色の美しさ。画面構成の巧みさ。伝説への愛。高い水準の作品」（内田麟太郎氏）「絵のすばらしさに圧倒された」（宮西達也氏）　（2刷）一三六五円

姜信子（文）アン・ビクトル（写真）

追放の高麗人《コリョサラム》

＊〇三年地方出版文化功労賞受賞

1937年、スターリンによって中央アジアの地に強制移住を強いられた二〇万人の朝鮮民族。国家というパラノイアに翻弄された流浪の民は、日本近代の代表的大衆歌謡「天然の美」を今日も歌い継ぐ。絶望の奥に輝く希望の光に魅せられ綴った物語　二一〇〇円

石牟礼道子全詩集

はにかみの国

＊芸術選奨文部科学大臣賞受賞

【文化庁芸術選奨・文部化学大臣賞受賞】石牟礼作品の底流を響く神話的世界が、詩という蒸留器で清冽に結露する。一九五〇年代作品から近作までの三十数篇を収録。石牟礼道子第一詩集にして全詩集　（2刷）二六二五円

浅川マキ

こんな風に過ぎて行くのなら

ディープにしみるアンダーグラウンド——。「夜が明けたら」「かもめ」で鮮烈にデビューを飾りながら、常に「反時代的」でありつづける歌手。三十年の歳月を、時代を、そして気分を照らし出す著者初めてのエッセイ集　（2刷）二一〇〇円

宮崎静夫

絵を描《か》く俘虜

満洲シベリア体験を核に、魂の深奥を折々に綴った一画家の軌跡。昭和十七年、十五歳で満蒙開拓青少年義勇軍に志願。敗戦後シベリアに抑留。四年の捕虜生活を送り帰国。土工をしつつ画家を志した著者が、虚飾のない文体で記す、感動のエッセイ　二一〇〇円

安達ひでや

笑う門《かど》にはチンドン屋

親も呆れる漫談少年。ロックにかぶれ上京するも挫折。さらに保証をかぶって火の車になり、日銭稼ぎに立った大道芸の路上で、運命の時はやってきた——。全日本チンドンコンクール優勝、稀代のチンドン・バカが綴る、チンドン稼業の裏話と極楽。　一五七五円

＊読者の皆様へ　小社出版物が店頭にない場合は「**日販扱**」か「**地方・小出版流通センター扱**」とご指定の上最寄りの書店にご注文下さい。なお、お急ぎの場合は直接小社宛ご注文下されば、代金後払いにてご送本致します（送料は二五〇円。総額五〇〇〇円以上は不要）。